大活字本シリーズ

新田次郎

武田三代《上》

埼玉福祉会

武田三代

上

装幀　関根利雄

目次

武田三代

信虎の最期

天正二年（一五七四）六月十七日、東海一の名城高天神城は武田勝頼の手に帰した。一カ月におよぶ猛攻につぐ猛攻の前に、小笠原長忠は降伏せざるを得ない状態に追いこまれたのである。徳川家康は武田軍を恐れて近寄ろうとはせず、ひたすら信長の援軍を期待していたが、その信長も武田軍と正面切って戦うつもりはなく、家康からの火のような催促にあってようやく腰を上げてはみたものの、その軍の進行速度は遅く、まるで高天神城の落ちるのを待っているようだった。その

信長の率いる軍がようやく今切（いまぎれ）の渡（わたし）まで来たところで、高天神城は、落ちたのである。

勝頼は岡部丹波守真幸を高天神城の守将として残し、伊奈街道を経て甲斐の古府中（甲府）に引き上げて行った。凱旋将軍勝頼の心はまことにさわやかであった。

伊奈の駒場（こまんば）まで来たとき、高遠城からの急使に接した。

「京都より先先代様がお出になり、お館（やかた）様をお待ち申し上げております」

使者の小原（おばら）兵右衛門は勝頼と逍遥軒（しょうようけん）武田信廉（のぶかど）の前に手をついて言った。先先代様というのは武田信虎のことであった。逍遥軒にとっては父であり、勝頼にとっては祖父であった。

「して先先代様の御様子はいかに」

逍遥軒は高遠城の城主であった。城主としての立場と子としての立場もあるから、複雑な気持で、御様子はと聞いたのである。

「はい、できるかぎりの手厚いもてなしを致しております。先先代様は、すべてにおつつしみ深く、質素の毎日を送られております。お身体の方はなかなかのお元気にて、お声はせいぜい五十歳か六十歳の人のようでございます」

兵右衛門は信虎についてざっと述べた。

「そうか、それはよかったのう」

と逍遥軒はひとりごとのようにつぶやいて勝頼の方を見た。よかったというのは、つつしみ深いと言った兵右衛門の言葉に対して、つい

本音を吐いたのである。

信虎が駿河に追放されたのは、天文十年（一五四一）六月である。信虎のあまりにも非常識なやり方に武田の家臣団が結束して反抗し、信虎を追放して信玄を領主に戴いたのである。この無血革命には駿河の今川義元も一枚加わり、追放されて来た信虎を引受けて軟禁し、その保護に当ったのである。

逍遥軒は、兵右衛門が先先代様はつつしみ深いと言ったので、昔はどうであれ、今は粗暴の振舞はなく、ただ齢（よわい）を重ねた老人として、自分たちを待っているのだろうと思った。

「先先代様はおいくつになられるかな」

勝頼は逍遥軒に聞いた。さようと答えて、しばらく頭の中で父の年

齢を数えていた逍遥軒は、

「たしか八十一歳だと思います」

と言った。勝頼の顔に一種の感動のようなものが流れた。彼は祖父の信虎が、なぜ追放されたか、家臣たちに訊いてよく知っていた。だがそれは飽くまでも話であって実感としてではなかった。遠い昔の話として聞いていた。その遠い昔の人がいま帰って来たのである。

「先先代様は駿河に行かれ、戦乱の中を京都に逃れ……そしてまた故郷に帰って来られた。さぞかしお疲れになったであろう」

と勝頼は言った。

駿河に追放された信虎は、今川義元が桶狭間で戦死して、義元の子の今川氏真(うじざね)がその後を継いだころから、再びその存在を現わした。彼

は暗愚な氏真を滅ぼして、駿河、遠江の両国を武田家の支配下に置くべきだということを手紙に書いて信玄に送った。そればかりでなく、今川家重臣を歴訪して武田方へつくように説いて歩いたのである。信玄にとっては有難迷惑であったが、父が一所懸命にやっていることをやめろとも言えなかった。信虎の行動は氏真の目に止り、再び追放を受けた。信虎は故郷へも帰れず、公卿に嫁いだ女を頼って京都に落ちて行ってそこにかくまわれた。生活費は甲斐から送られていた。

勝頼には祖父の気持が分らないではなかった。おそらく祖父信虎は年を取るに従って望郷の念がいよいよたかまり、押えることはできないほどになったのであろう。そのようなときに信玄の死を聞き、矢も楯もたまらない気持で故郷へ帰ることを、願い出たのであろう。そし

て、ひとまず、伊奈高遠城まで帰ることを許されたのは高天神城攻略戦の前のことである。

勝頼は信虎の帰参を許すことで重臣会議がもめたことを思い出していた。

「そうか、先先代様はそのようにお元気か」

勝頼は兵右衛門に言ったあとで、祖父の声が若いということに一抹の不安を感じた。声が五十歳に聞えるほど若いということが、そのまま肉体の若さに通ずるとすれば四十八歳で追放された当時の信虎がそのまま帰って来たということになる。そうなれば、まるで化け物である。八十一歳の今日までの三十三年間はいったいどのような生活をしていたのであろうか。

「まあよい、会えば分ることだ」

勝頼が言った。その言葉を逍遥軒が聞きとがめた。

「いや、先先代様がどのように元気であられるかは会えば分ると申したまでのことだ」

と答える勝頼の目の中に浮んでいる不安を逍遥軒もすぐ受け取って、

「さよう、会えば分ること、すべては会ってからのこと……」

とつぶやいたときには、やはり、声が若いということと、信虎の精神状態がもしかすると三十三年前と少しも変ってはいないのではないかという心配を勝頼から転嫁されたような気持になっていた。

勝頼は逍遥軒に命じて親類衆全部に、信虎が高遠城で待っていることを告げ、また長坂長閑を通じて、主だった部将たちに、信虎が高遠

城まで来ているから、近いうち面会が許されるだろうと伝えた。

信虎の帰国は既に分っていたことだが、いざ帰ったと聞くと年輩の家臣たちにはかなりの衝撃を与えた。彼等は暴君再来という気持でそれを受け取った。

信虎はもともと暴君ではなかった。それどころか近隣に例を見ないほどの優秀な武将だった。足利幕府の権威が衰え、日本中が強い者勝ちの乱世になってからは、甲斐の国もまた例外ではなく、各地の諸豪の勢力が増強して、守護職の武田家の命に従わないばかりか、その領地までおびやかすようになった。信虎はその国内の戦乱を平らげ、統一して、ここに領国支配を全うしたのである。それまでの苦労は、なみたいていのことではなかった。その信虎が国内を統一して、いよい

よこれから外へ伸びようということになってから、それまでとは人間が変ったようになった。必要以上に領主としての権限をふりまわすようになった。今までに見られないような粗暴な振舞をするようになった。だが彼が狂刀を振うようになったのは、鷹狩りに出かけたとき、鷹の扱い方が悪かったといって、その場で鷹侍（たかざむらい）を手討ちにしたときからである。その日彼は、鷹侍を手討ちにしたばかりではなく、帰途、信虎の馬に吠えついた犬の持ち主を呼んでその場で手討ちにした。それを止めようとした老臣跡部監物（けんもつ）と三枝主殿（さえぐさとのも）の二人もまた、

「諫言（かんげん）をする以上、死は覚悟の上であろう」

と言って手討ちにされたのである。信虎は人を斬ることに変態的な興味を覚えたかに見えた。それは一時的のことで、やがてなんらかの

きっかけで本来の領主の姿に帰るであろうと期待する者もいたが、彼の狂刀はいっこうに収まる様子はなかった。今川義元にそむいて逃げて来た者を、信虎にことわりなしにかくまったという廉(かど)で斬られた家臣だけでも五人もいた。数年間のうちに彼の手に掛かって死んだ家臣は五十余人に達した。家臣団が密(ひそ)かに結束して、無血革命を企て、信濃遠征の帰途、信虎を捕えて駿河へ送り、その後釜に信玄を立てたのは、こうしなければいつかは自分の首が飛ぶと考えたからであった。このような過去を考えると、信虎が帰って来たということは、彼の年齢がたとえ八十一歳であったとしても、信虎追放に加担した家臣団にとっては嬉しいことではなかった。

信虎と家臣団との再会は高遠城で行われた。勝頼の命によって信虎の席は上座に設けられた。三十三年ぶりで帰って来た祖父に対する勝頼の思いやりであった。

信虎は、まさか自分が上座に坐って家臣たちと会おうとは思っていなかった。案内役の長坂長閑にどうぞとすすめられても、すぐに上座には行かなかった。だが、勝頼がそうせよと言ったのだと聞くと、

「信玄の子にしてはできすぎているのう」

と長閑に言ってから、上座に歩いて行った。彼の足下には勝頼を初めとして二十人ほどの親類衆と重臣たちが頭を下げていた。そこを通り抜けて、一段高い上座に坐るのはまことにいい気持だった。

信虎が上座に坐るのを見て、勝頼がその前に進み出て挨拶をした。

「勝頼か、そちの母は何方(いずかた)より参られたかな」

信虎は勝頼に向って質問した。これが三十三年目に帰って来た信虎が現在の武田の頭領勝頼に発した言葉であった。頭を下げていた家臣や親類衆が頭を上げて信虎を見た。八十一歳とは見えない矍鑠(かくしゃく)たる老人が上座に坐っていた。信虎は白髯(はくぜん)をたくわえていた。白い眉の下で眼が炯炯(けいけい)と光っていた。胸を張り、でんとかまえた恰好は六十歳そこそこに見えた。

「母は諏訪頼重の女(むすめ)にございます」

と勝頼が答えると、信虎は大きく頷いて、

「そちが生れたころは、余は駿河に流されていた。従って信玄が側室として誰を迎え、男子をもうけ、なんという名前をつけたのかとんと

知らなかった」

と言った。述懐にも聞えるし、皮肉にも聞えた。当時はそうであっても、勝頼が武田の頭領となった現在、信虎はそんなことは百も承知していた。それを知らぬふりをしてわざと言っているのである。聞き方によると、なんだお前は側室の子かと勝頼を軽蔑したように聞えないでもなかった。勝頼にしてはちと耳が痛いことだったし、家臣団にとっては駿河への追放に触れていることでもあるので、今さらなにを、と言いたい気持でいた。

「勝頼殿、こちらへ参られよ、武田の頭領より高いところに坐ったのでは、ちとものが言い難い……」

信虎はそう言って、勝頼と並んで坐ると、

「さてさて、どの顔も知らぬ顔ばかりだのう」

と言った。長い間他国におられた先先代様には知らぬ顔が多いのは当然のことと思いますと前置きして、勝頼はまず、親類衆から先に信虎に引き合わせて行った。ふんふんと頷（うなず）いていた信虎が、

「不甲斐なき馬鹿面ばかり……」

と言ったとき、彼の顔にけわしいものが動いた。それまで懸命にこらえていたものが、支え切れずに、とうとう出てしまったようであった。信虎は、親類衆の一人一人に向って、咬みつくような勢いで悪口雑言を吐き始めたのである。

「信玄のような愚か者に加担して、余を甲斐から追い出したばかりでなく、見舞の一つも送って来たためしはなかった」

などと言うのはいいほうであって、とても聞いてはおられぬような悪口を次から次と言って親類衆を困らせ、ついには唾でも吐きつけたいような顔で、

「さがれ、さがれ、そんな顔見とうもないわい」

と言うのである。

困ったことになったと誰もが思っていたがどうにもならないことだった。三十三年前の遺恨が、親類衆の顔を見たとたんに出てしまったのである。辞を低うして勝頼に帰還を許してくれるように哀願していたころの信虎は、故郷に帰ったらなにも言うまい、昔のことには一言も触れずに静かに余生を送ろうと思っていた。だが、高遠に来て、上座に坐ったとき、それまで押えていたものが一度に出て来てしまった

のである。

勝頼は苦り切っていた。初めは祖父に同情していたが、こうなると、この老人をどうしたらよいかとその処置を考えるようになった。

「勝頼、その前に控えている者は何者じゃ」

信虎は、勝頼の気持などいっさいかまわず親類衆の次には重臣たちに目を向けた。

「先代様のころより数々の功を立てておりまする馬場美濃守信房（信春）にございます」

勝頼は、そのように紹介した。信虎は馬場美濃守信房の顔を知っていた。

「教来石（きょうらいし）民部ではないか」

信虎の目は急に輝き出した。な、そうであろうと言われて、信房は、

「はっ、教来石民部と申しておりましたが、先先代様が駿河にお移りになりましてから五年目に馬場伊豆守の名跡を継いで馬場と改め、民部少輔を与えられ、永禄二年に侍大将となり美濃守を許されました」

と答えた。すると信虎は、

「その馬場伊豆守は余が手討ちにいたした男だ。小心者でつべこべうるさいことを申す奴だった。落度があったので手討ちにいたすと申しつけたら、慄え出しおったわい」

信虎は大きな声を上げて笑ったあとで、

「信玄はよくよく愚かな奴だ。馬場伊豆守の名跡を継がせるなど用のないことをしたばかりでなく、なんの手柄があったか知らぬがたかが

武河衆(むかわ)の同心風情(ふぜい)を侍大将に取り立てるとはよくよく人を見る目のない奴だ」

並いる家臣たちは、信虎の毒舌に色を失った。とんでもない老人を連れて来たものだと思った。しかし、中には天下の名将、馬場美濃守信房を、たかが武河衆の同心風情とこきおろした老人の毒舌に対して、僅(わず)かながらの痛快味を感じている者もいないではなかった。

(先の短い老人だ、言いたいことは言わせて置けばいいのだ)

と多くの者があきらめかかった矢先に信虎は、

「あれは何者か、見たことがあるような気がする」

と指をさした。

「高坂弾正昌信にございます」

と勝頼が答えると、信虎は、

「ああそちのことなら、駿河でも聞いたぞ、京都でも聞いたことがある。そちはもともと石和(いさわ)の百姓の小倅(こせがれ)だったのを信玄めが取り上げて侍大将にまで取り立てたというが、それはまことか」

昌信は一瞬答えに窮したが黙っているわけにもいかずに、

「そのとおり、まぎれもなく信玄公に百姓の小倅より侍大将にまで取り上げられたものでございます」

と答えた。昌信にとってはそれを言われるのが一番嫌だった。このままでいたら、もっと嫌なこと——若き信玄の寵童(ちょうどう)であったことまで持ち出されそうで気が気でなかった。しかし信虎はそこまでは言わずに、その隣りにいる山県昌景を指して誰かと問うた。

「山県三郎兵衛昌景、飫富兵部少輔の実弟にございます」

と勝頼が答えると、信虎はいままでと変った態度で、

「そちの名前は京都にまで聞えているぞ。あっぱれな名将ぶりを一度見たいと思っていた。ところでそちの兄の飫富兵部はおしいことをしたな、あのような名将を死なせたのは信玄という馬鹿者がいたからだ」

と、又々信玄を持ち出して、ひとしきり悪口を言い散らした。飫富兵部は、信玄の長男太郎義信の傅役であった。義信が父信玄と意見が合わなくなって反抗したとき兵部もまたそれに与した。信玄に追及され自殺を遂げた人であった。信虎にとっては信玄に反逆したという理由だけで飫富兵部が名将に見えたのである。その身内だから、山県昌

景は例外的に讃められたとみるべきであった。諸将は、こんどこそ自分がやられるだろうと思って気が気ではなかった。早く信虎との面会は終って欲しかった。そういう願いをこめた目を勝頼に送っているものもいた。

「あの馬面（うまづら）は何者だ」

と信虎が内藤修理亮（しゅりのすけ）昌豊を指して言ったときは、勝頼は、自分がそう言われたような思いがした。

「上野国箕輪（みのわ）城の城主内藤修理亮昌豊でございます」

と答える勝頼の言葉に信虎は一瞬身体を乗り出すようにして言った。

「内藤相模守となんぞ縁続きの者か」

信虎は直接昌豊に訊いた。知り切っての上のこととは思ったが、訊

かれた以上言わねばならないので、昌豊は居ずまいを正して答えた。

「もとは工藤下野守（しもつけのかみ）の子、工藤源左衛門にございます。天文十五年、内藤相模守の名跡を継いで内藤修理亮昌豊と名乗ることを許されました」

言ってしまって昌豊はほっとした。

「なに、そちは工藤下野守の倅か。なるほど父によく似て馬面をしておるわい。余は下野守を、この左文字（左文字源慶、鎌倉時代の筑前の名刀工）で手討ちにしたことがある」

そういうと信虎は腰の刀をさっと抜いた。傍にいた勝頼も引き止めることもできないほどの早業だった。

「工藤下野守は、これ以上つまらぬことを申すと手討ちにすると言っ

たのに、手討ちにするならばどうぞ御随意にと申して諫言を続けた。余が左文字を抜いても、薄笑いを浮べていた。不敵な奴だった。余は片膝立ちで、これこのように袈裟(けさ)掛けに斬って捨てたのだ」

信虎は片膝を立てて、袈裟掛けに刀を振った。ぶるっと空気をふるわせるだけの威力があった。八十一歳とは思われぬ手練(てだれ)である。まだまだ人を斬るだけの力は充分にあった。

家臣たちは色を失った。

「内藤相模守もまた余が手討ちにした。そのときはこうだった」

信虎は左文字を持って立ち上った。

その時である。信玄の時代からお伽衆(とぎしゅう)として側近にあり、そのまま勝頼の代になってもお側衆の一人として仕えている小笠原慶菴(けいあん)が信虎

の前に進み出て言った。

「左文字といえば武田家重代の宝刀にござります。とくと拝見いたしとうございます」

その声が非常に大きかったので、信虎は一瞬機先を制せられたように、近寄って来る慶菴の方を見た。

「そちは何者じゃ」

と信虎が言ったときには、慶菴は信虎の手許に飛びこんで左文字の柄を押えていた。

「小笠原慶菴にございます。お刀とくと拝見……」

と言うが早いか、信虎に足払いをかけた。信虎が倒れるのと同時に、慶菴は左文字を奪い取り、おのれと立ち上がろうとする信虎の傍にあ

った鞘（さや）を拾い上げ、それにおさめて、

「さすが武田重代の名刀だけあって、くもり一つございません」

と言うと、おろおろ顔で近づいて来た長坂長閑に向って、

「長坂殿は先先代様の御接待役でござろう。このような武田重代の宝刀は、御面会の席上には不要なものと拝察いたす。先先代様にかわってちゃんと保管なされるようお願い申す」

と言って、左文字を渡してしまった。どうなることかと思っていたが、慶菴の出現によってその場は収まった。長坂長閑はその場の空気を見て取って勝頼に言った。

「先先代様にはお疲れの御様子ゆえ、御面会は他日にいたした方がよろしいかと存じます。御賢察のほどを……」

勝頼はほっとした。

「さよう、先先代様はたいへんお疲れの様子ゆえ、面会は追って沙汰するまで延期とする」

信虎がなにか言おうとしたが、その前に勝頼は席を立った。

面会は中止となり、再開される見とおしはなくなった。それればかりか、勝頼は、逍遥軒に命じて、信虎を高遠城内に軟禁した。危険な老人だった。なにを言い出すか分からないし、なにをしでかすか分からなかった。古府中へ帰るのはしばらく様子を見てからということになった。

勝頼は高遠城を去るに臨んで、小笠原慶菴に言った。

「先先代もそちの言うことなら聞くだろう。傍についていてなにかと面倒を見てやってくれぬか」

そう言う勝頼の目には、祖父信虎をあわれんでいる色が浮んでいた。

「不幸なお人だ。いたわってやってくれ」

続いて勝頼は念を押すように言った。勝頼は小笠原慶菴の人物を見込んでそう言ったのである。満座の中で信虎の暴走を押えた慶菴の度胸は何人にも真似ができないことだった。信虎も、左文字を取り上げられた慶菴には一目置くだろうと思った。小笠原慶菴は学者でもあった。信玄が慶菴を傍に置いたのは学問の話し相手としてであり、勝頼が慶菴をお側衆の一人としたのも、彼の博識に負うことがあったからである。

勝頼は、信玄も慶菴に説得されているうちにはやがておとなしくなり、甲斐へ帰ることもできるようになるだろうと思っていた。

慶菴は信虎の側近という資格で高遠城に止ることになった。

「慶菴、そちは目付となって止ったのか」

信虎は慶菴にいやみを言ったが、その彼も、慶菴を通さないとなにひとつとしてかなえられないことを知ってからは、かえって慶菴を利用するようになった。

信虎がまず最初に慶菴に申し入れたのは、左文字を返せということだった。

「それはできませぬ、左文字は躑躅ヶ崎の館へ一足先に参っておりまする。左文字を傍に置きたいとおぼしめさるならば、日常のふるまいに特にお気をつけなされて一日も早く甲斐の国へ帰ることでございます」

と慶菴は答えた。信虎はむっとしたような顔で言った。

「余になにをせよと申すのか」

「書に親しみ、歌を作り、散歩をなされるというようなことを一般的にはおすすめいたしたいところですが、それがもしお気に召さなかったならば、心に思っていることをなんでもいいから紙に書いたらいかがでしょうか。人間は言いたいこと、やりたいことが山ほどあります。そのような欲望も紙に書きつけてしまうと気が晴れるものでございます。ぜひそのようになさいませ」

慶菴は信虎に、追放以来今日にいたるまでのことを思い出すがままに書くことをすすめた。そうすれば気が落ちつくだろうと思った。

信虎もその気になった。どっちみちこうなったら古府中へはすぐに

は帰れない、そういうことなら、慶菴の言うとおりに、昔のことを書きつけて後世に残すことも悪くはないと思った。しかし、それは一カ月とは続かなかった。書いているとその当時のことを思い出して異常に昂奮してしまい、筆は進まなくなるのである。信虎は筆を投げた。

読書をすすめたが、本来読書を好まない性（たち）だし、読みたいような本は、京都にいる折、ほとんど読んでしまった。あとは散策だった。

信虎は八十一歳とは思えぬほど足腰が丈夫だった。毎日のように城を出て歩き廻った。馬にも乗れたが、馬に乗ることは禁じられていたから遠慮しなければならなかった。軟禁の身である以上、逃亡につながるおそれのある乗馬が許されないのは当然であった。

信虎は杖突峠へ行きたがった。峠へ立つと眼下に諏訪の平が見え、

眼の前に八ヶ岳が見えた。甲斐との国境はすぐそこだった。

「甲斐の国へ一足でいいから行ってみたい」

と信虎は慶菴に乞うたが、それはお許しのないかぎりできませんと言われると、止むを得ず引き返すしかなかった。

高遠城に定着した信虎はしきりに書状をしたためるようになった。穴山信君あてのものが多かった。穴山信君は信玄の時代から外交関係の仕事をやっていた。京都の武田屋敷にいる市川太郎右衛門も、もとは穴山信君の家臣だった。市川太郎右衛門の仕事は京都を中心として情報網を張り、逐一、古府中に報告する、言わば京都における諜報機関の元締めであった。市川太郎右衛門は信虎が京都へ出て以来本国からの命令で、ずっと面倒を見ていた。

信虎が高遠まで帰ることができたのも、市川太郎右衛門から穴山信君を通じての工作が成功したからであった。

信虎から穴山信君へ送られる書状の内容がなんであるか、おおよそのことは慶菴にも分っていた。それは早く甲斐の国へ帰れるように努力してくれという依頼状であった。信君からは返書はなかった。信虎の狂態を見て、こんな老人に下手にかかわりあったら大変なことになるだろうと考えたからであった。

信君から返事が来ないと、親類衆の誰彼となく書状を書いた。面会の席で、ひどい悪口を言って置きながら今更なにを言ったところで、どうしようもないと分っていながら、信虎は書状を書いた。誰からも返書は来なかった。高遠城主の逍遥軒も、城は城代にまかせて古府中

の館にいる時の方が多かった。いかに信虎が父であっても、相手にするのは苦手だし、うっかり相手になると、たいへんな目に会わされると思ったからであった。

信虎は誰もが自分を相手にしてくれないと分ってから、はじめて小笠原慶菴を相手にした。信虎がなにを言っても慶菴は聞いてやった。信虎が家臣を何人斬ったか、どのように斬って捨てたかも聞いてやった。

信虎は次第に落着いて来た。その年の暮れになると、慶菴と碁を打てるようになった。それまでは碁を打つ心境にもなれないでいた。

久しぶりで逍遥軒が帰城した。高遠城で正月を迎えるためであった。

「なに信廉が帰った？」

信虎はそれを聞くと、いままでになくきつい眼をして慶菴に、いますぐ会わせろと言った。何回書状を出しても返事をよこさないけしからぬ奴だとも言った。家臣がこのことを信廉に報告した。

「先先代様のお気が静まるまでは御面会なさらぬほうがよいでしょう」

と家来が止めたが、信廉は、

「いや、なんと言っても、父と子だ、会えば自ずと気も休まるだろう」

と言って、信虎がかくまわれている城内の二の丸郭に足を運んで行った。

「信廉、そちはこの父をなんと思っているのか」

信廉を見て信虎は怒り出した。書状を出しても返事を寄こさないし、いつまで経っても軟禁状態を解かないのは何事かと責めた。しかし信廉がただひたすら謝っていると、いくらか機嫌を直して、

「では何時、古府中へ帰れるのだ」

と訊いた。

「いましばらく御自重下さいませ」

と言う信廉に、

「そちは勝頼の叔父であろう、そちから強く言ったら勝頼も許すであろう。それをしないのはこの父をおろそかにしているからである。もともとそちは、信玄におとらぬ愚か者ゆえ、この父が帰って来たことさえ、迷惑に思っているであろう」

とまくし立て、その自分の声で、昂奮していくようであった。信廉が黙ってしまうと、いよいよいきり立ち、罵詈雑言を浴びせるばかりではなく、終には立って行って、信廉の顔を打とうとした。

慶蓭が止めに入った。

「御自重めされ」

と慶蓭がいましめると、青筋を立てて怒っていた信虎が、ふり返って、

「下れ、下郎」

と慶蓭を足蹴りにした。慶蓭は甘んじてそれを受けた。信虎は、なされるがままにしている慶蓭を見ると、更に勢いづき、おどりかかるようにして、慶蓭のさしている脇差を抜き取った。

狂刀をふるって以来信虎は身に寸鉄を帯びることを許されなかった。その信虎が慶菴の油断を見て、その刀を奪ったのである。信虎はその刀を持って信廉に向って突き進もうとした。そうはさせじと、慶菴が立ちはだかり。信虎の手から刀を奪い返そうとした。信虎は渾身の力を振って、慶菴と争った。慶菴の指が二本、刀に触れて落ちた。血が争っている二人の顔にふりかかった。奪い取られまいとする信虎の手と、奪い返そうとする慶菴の手が、刀の柄のところでもつれながら、上へ上へと動いて行った。信虎の胸の高さから少々上ったところまで来たとき、信虎が叫び声を上げた。刀が信虎の咽喉(のど)に触れたのである。おびただしい出血のもとに信虎は倒れた。倒れながらも、血刀を手から放そうとはしなかった。

「おのれ、信廉、手討ち……」

とまで言ったが、後が言えなかった。信虎は血の中に突っ伏した。信虎の死の真相は信廉から勝頼に走り馬（早馬）によって報告された。表向きは病死ということにしたいと書いてあった。勝頼は折り返し、信廉あて書状を書いた。祖父信虎殿が病死なされたことはまことに残念なことである。それについて小笠原慶菴のことが心配だ。くれぐれも早まったことをしないように、と添え書きをした。

勝頼は真相の奥にあるものを見透していた。信虎に足払いを掛けて左文字を奪い取ったほどの剛の者が、信虎と脇差を奪い合ったというところに嘘を感じた。おそらく慶菴は争うと見せかけて信虎を刺したのではなかろうか。八十一歳にもなって、どうしても大悟できない信

虎を生かして置くことが武田家のためによくないと思っての処置ではなかったかと考えた。信廉は目の前で見ていた。家臣も見ていた。誰が見ても信虎の死を争いの中の事故死のようにみせかけたのではなかろうか。慶菴のその後のことが心配だった。慶菴は命を賭けてそれをやったのかもしれない。

勝頼の予想は当った。使者が高遠城についたときは、小笠原慶菴は既に自刃して果てていた。書置もないし遺言もなかった。

……勝頼公に御対面なれば、武田の御重代を御座敷に置給ふ尤なり。然所に信虎公、此御腰物を抜給ひ、此刀にて五十人にあまり御手うちなされ候中にも、内藤修理と名乗奴の兄をけさがけに切たると

被レ仰、其後勝頼公の御かほ御覧なされ左文字の腰物を抜、「御」持ながら如レ此候。座中尽氷、目もあてられぬ模様なるを、小笠原慶菴心の剛なる人ニテ候故、か様の次に承及たる武田御重代拝申べきと被レ申候て、信虎公の御傍へ参、勝頼公との間へ入、御腰物を無理に奪取鞘に納、戴て長閑に渡。……其後軈而勝頼公甲府へ御帰候へ共、信虎公をば伊奈に指置なされ候は、長坂長閑分別よき故也。信虎公軈而御他界也。

(『甲陽軍鑑』品第五十一)

異説　晴信初陣記

一

天文五年（一五三六）十一月半ばをすぎて甲府に雪が降った。この地方としてはめずらしく、積雪の深さ二尺に達し、しばらくは往還の人がたえたほどだった。

武田家の宿老、板垣信形は愛馬にまたがって雪の道を、武田信虎の館へ向かっていた。信形の馬の前後を数名の郎党が槍を持って歩いていた。彼等が蹴ちらす雪の粉が、朝日に輝いていた。風はなく、意外

なほどあたたかい朝だった。

「この雪は根雪となるであろうのう」

板垣信形は馬上から石和甚三郎に声をかけた。

「はい、おそらく根雪となると存じますが、それにしても今朝のあたたかさはまるで春のようでございます」

石和甚三郎は馬上の主人を仰ぎ見ながら言った。

「いかにもあたたかい、雪のあしたははだかで洗濯ということわざどおりだ。しかしこのあたたかさも今日一日で、夕刻からは寒くなる。すべて、明日あたりからは、西風が吹き出す、寒い冬になるぞことしは……」

あとのほうを板垣信形はひとりごとのように言った。躑躅ヶ崎（つつじ）の武

田の館は小高い丘の上にあった。杉の木立にかこまれているので丘の下からは見えなかった。奥の方はひっそりとしていたが、館に通ずる道の雪は多数の人によって踏みつけられていた。

板垣信形は丘の下まで来ると、馬の手綱をひかえた。前後の武士たちも立ち止って申し合わせたように馬上の信形を見上げた。

「どうかなさいましたか」

石和甚三郎が馬上の主人を見上げて言ったが、信形はそれには答えず、こわいように緊張した眼を、館へ登る道と直角に交わっている小道にそそいでいた。その小道は丘の裾を廻って、近所の村へつづく道だった。歩いた足跡がついていた。

「その足跡をなんと思う」

信形は石和甚三郎に言った。なんと思うといっても、それはただの足あとで、別にどうということはなかった。どう思うと、言われて見れば、いささか歩幅が広いくらいのものであった。

「あの雪の中の足跡でございますか」

石和甚三郎は足あとをゆびさして言った。

「そうだ、その足跡だが、尋常のものが歩いたとは思われぬ。百姓どもが歩いたとすれば、あれほど歩幅を取る必要もなかろう。猟師が歩いたとしても少々おかしい。その足跡はひどく身軽な男が、雪の中をひょいひょいと走っていったあとだ」

そういわれて見ると、そのようにも見えた。石和甚三郎はなるほどとうなずいた。

「そこでだ、なぜ雪の中を走っていったのだろうかな、それほど急ぐなにかの理由があったとしたら、それはなんであろうか」

甚三郎には答えようがなかった。主人がなにを考えてこんなことを言っているのかもよく分らなかった。

「それは間者（かんじゃ）の足跡だ、百姓や猟師の歩いた足跡ではない。よく見ろ、間者特有のそなえ足で歩いている」

「そなえ足？」

石和甚三郎はいよいよ分らないという顔をした。彼は二十五歳である。まだまだ知らないことはいくらでもある。間者が使う手については若干は知っていたが、歩き方までは心得ていなかった。

「そなえ足というのは、歩いていながら、いつ敵に襲われても、それ

に対処できる姿勢のことをいうのだ。よく足あとを見るがいい、百姓町人の歩き方と違うだろう」

そこまで言われて見ると、なるほどどこか違っていた。歩幅が広いことと、雪に残された足型がいくらか外側を向いている。極端にいえば八の字をさかさにしたような足の踏み方であるが、これにしても、足癖に類すると考えれば、それほど異様とは思えない。結局石和甚三郎にはその足跡が間者のものかどうかを見きわめる自信はなかったのである。

「甚三郎、すぐその足跡を追え。おそらく近くに間者はひそんでいるに違いない。足跡を追ってどこまでもいくのだ。殺してはならぬぞ、生捕りにして館へつれてまいれ。それから追跡の途中に出会った者が

あればなにびとによらず捕えるのだぞ」

そして、ひとりで雪の中へ飛び出していこうとする甚三郎を呼びとめて、郎党三人をつけさせた。

「さあ、真直ぐ館へ向っていそぐのだ。前にむかって歩きながらみどもの言うことをよっく聞くのだぞ」

信形は、石和甚三郎にかわって、馬の轡(くつわ)を取った塩津与兵衛に言った。

「足跡を見ると、あの間者はかなり腕の立つ奴に相違ない。甚三郎が追っても容易につかまる相手ではない。しかし、甚三郎のことだ、たとえつかまらなくとも足跡のあるかぎり、あとを追うだろう」

板垣信形はひといき入れて、

「間者は甚三郎に追われていると分ったならば、おそらく、その辺の百姓か猟師のような顔をして同じ道を引きかえして来るに違いない。甚三郎に会って聞かれたら、あやしい奴があっちへ逃げたなどと嘘を言うに違いない、が、甚三郎のことだ、会った奴は一応吟味するという態度でのぞむだろう、そうなるときゃつは、甚三郎に背を向けて雪の中を突走る……」

「逃げるのですか」

塩津与兵衛は思わず声を出した。

「そうだ逃げる。甚三郎にはとても及ばないほどのはや足で逃げる。その逃げる方向だが、きゃつはおそらく、このお館の背後をぐるりと廻って、お館の前へ逃げて来るに違いない。つまりここへ再びもどっ

て来るのだ。ここまで来れば踏み跡はいっぱいある。もう足跡をつけられる心配はなくなる。甚三郎の追及はここで頓挫するのだ」

信形は大きな声で笑った。館の大門に向って両側に生えている杉の木立から雪が音を立てて落ちた。

「そこで、与兵衛、お前たちの出番になるのだ。お前たちは、このお館の入口にある地蔵堂のかげで待ちぶせていて、くせものを生捕りにするのだぞ、だが今すぐ地蔵堂へ行ってはならぬ、間者のことだ、どこでわれら一行の動きを見ているかもわからない。一度はお館へ入ってからすぐ引きかえして地蔵堂へ行け、いいな」

それからの主従は黙ったままで、真直ぐに館へ向って進んでいった。

「お館様がたいへんお待ち兼ねでございます」

武田信虎の側近古川小平太が信形の前に手をつかえて言った。たいへんというところに力が入っていた。待たせられて立腹していますから、御注意のほどをと、暗に、主君信虎の御機嫌を武田の宿老板垣信形に知らせたのである。

武田信虎は勇将でもあり、たしかに智将でもあった。同族相食(は)む争いに打ち勝って、甲州を統一し、駿河、信州へもその食指を動かすまでの武田軍を造り上げていた。今川と結び、北条と和を通じ、まず自国の安定をはかり、時の将軍足利義晴にも筋を通して、甲斐の領主たることを認めさせていた。信虎は野心の絶頂にいたといってもいい。ここまで来たら、信州、駿河を一飲みにして、更に今川の勢力までもおし倒して、一気に上洛することまで考えていた。自分で自分をおさ

える力がなくなって、いたずらな自信過剰がかれにしばしば狂暴とも思われるほどのことをさせた。信虎が武田の宿老、馬場虎貞、山県虎清などに切腹を命じたのはついせんだってである。二人が主君のために諫言（かんげん）したという、ただそれだけの理由だった。

信虎は老虎だった。虎としての外見は備えていても、既に虎としての本質を失っていた。重臣内藤相模守、三藤下総守（しもうさのかみ）らを手討ちにしたことなど狂気の沙汰であった。

古川小平太がお館様が待ち兼ねていると板垣信形に伝えたのは、小平太にしても、やはり、信虎のふるまいについて憂慮している証拠だった。古川小平太にかぎらず、武田の家臣の主だった者のことごとくは精神的に信虎から離反しつつあった。逆らえば、馬場虎貞のような

運命になることは分っていた。そうかといってこのまま放っておけば武田の運命がきわまることもまた明らかであった。家臣たちは家を愛した。主君信虎よりも、武田の家を、彼等の故郷甲斐という国を愛していた。

「お館様は御立腹かな」

信形はおだやかな眼で小平太に聞いた。

「それほどでもございませぬが、さいぜんから、しきりに御酒を……」

いけないなと、信形は首をふった。

二

武田信虎は荻原昌勝を前にして、ひとりで大盃をあおっていた。さ

すがに軍(いくさ)を論ずる席であるから女どもはいなかったが、酒のにおいはしめきった部屋に充満していた。肴(さかな)はなかった。信虎は中ほどのくびれた壺の酒を、かわらけになみなみとついでは、まるで水でも飲むように飲んでいた。斗酒も辞さない信虎のことだから、少々ぐらいの酒を飲んでも顔に出るようなことはないが、問題はこういう席で、酒を飲むということ自体にあった。以前にはないことだった。おれは酒を飲みながらも軍を論ずることができるのだという、信虎の態度は、既に一国をおさめる器の資格を逸脱したものであった。

信虎の前に坐らせられた荻原昌勝は、思いつめたような青い顔をしていた。

「いま荻原昌勝にも申しつけているところだが、信形も出陣の用意を

せい。この雪のことだから、平賀源心め、すっかり安心していることだろう。そこを狙って一挙に海の口城を攻め落すのだ、海の口が落ちれば海尻城はすぐ落ちる。この二つの城が手に入れば佐久はわがものとなるであろう」

信虎は酒を飲んではいたが、古川小平太の言ったように機嫌が悪いようには見えなかった。機嫌が悪くとも、信形だけにはいくらか遠慮しているのかも知れないし、初めのうちは機嫌の悪いのをかくしていて、話の途中で爆発的に不機嫌ぶりを見せるかも知れない。それがほんとうはこわいのだ。馬場虎貞、山県虎清が信虎に切腹を命ぜられたのは、こんなようなふんいきの時だった。

信形は、信虎の前に平伏した。

「信形、即刻進発だぞ、分ったな」

即刻といってもそれは無理である。海の口攻撃にでかければ、当然、抵抗は受けるに違いない。海の口城は天然の要害、そう簡単に陥落するものではない。とすれば、長期戦となり問題は兵糧の補給にかかって来る。わかったかと言われながらも信形は即答ができず、頭の中で軍兵、兵糧、海の口までの里程のことなどを考えていた。

「返事がないところを見ると、信形はこの軍(いくさ)に反対なのか」

語気は少々荒くはなって来たが、信虎はまだ自制しているようだった。しかし、反対ならばその理由を言うがいい、反対にかわるべきうまい献策があったならば聞いてやるぞというほどの寛容さのないことは重々わかっている信形にすれば、いよいよ答に窮して頭をさげるし

かなかった。彼は困った眼を荻原昌勝の方へ向けた。昌勝は信形の視線を受けとめたまま動かなかった。まるで、眼を開いたまま眠っているように動かない昌勝の眼の中に、よく見るとなにかが燃えはじめていた。はげしく燃えあがろうとするものをおさえにおさえている輝きだった。おさえても、燃えあがろうとするものは、どこからともなく炎のかげをちらつかせていた。昌勝の眼が大きくひとつまばたきをした。炎は消えた。と同時に、開かれた昌勝の眼の隅に冷たい光のかげが見えた。昌勝はまた眼をつぶった。今度は前よりも眼をつぶっている時間が長かった。

「出陣のことしかと承知つかまつりました」

信形はそのことばを信虎にではなく、昌勝の眼に答えたのである。

昌勝が、おれも出陣を承知したからお前も承知した方がいいだろうという、あきらめの眼に応じたのである。信虎は、板垣信形が案外あっさりと出陣に同意したことをむしろ意外に思っているようだった。信虎は拍子抜けした顔で、

「出陣ときまれば、その陣がまえと策戦だが……」

信虎は彼の前にひろげてある地図をゆびさして言った。

「さようでございます。このような厳寒の戦いゆえ、陣がまえはもっとも慎重になさるべきかと存じます」

荻原昌勝が口を出した。策戦にかけては武田家随一と言われている荻原昌勝はいままでも軍のたびに策を献じた。だが最近は信虎の独断が多くなっていて、以前のように諸将を列しての軍議もなさず、こん

どのようにいきなり出陣を命令するような場合が多くなった。信虎の自惚（うぬぼれ）が宿将を軽視する傾向になったのである。荻原昌勝と板垣信形を呼んだのはむしろ最近における例外ともいえた。やはり寒中の出陣に、信虎も少々気がとがめたに相違なかった。

「なにか陣がまえについて策があるか」

信虎が言った。

「厳寒の出陣ゆえ、充分の糧食を持参しなければ、寒に負けるということも考えられますので、その用意こそ第一と存じます。もともと、寒中に兵を動かすことは難しいのですから、そのへんのところを充分考えねばならないと存じます」

わかったと信虎は言った。にがい顔だった。

「つぎに、この厳寒に軍をするにつけては、士気を鼓舞するに充分な大義名分がなければならないと存じます。戦いの意義がはっきりしていないと、兵の動きもひっきょうにぶくなるものです」

荻原昌勝がそう言ったとき、信形は昌勝がなにを考えているかがわかった。

「大義名分は平賀源心を討ち取ることだ、きまっているではないか」

信虎が言った。そのとおりでございますと、今度は信形が口を出して、

「いかにも平賀源心をほろぼすことでありますが、ほかにもっと大きな、たとえば武田興隆の火の手となるような旗印をかかげたらいかがかと存じます」

なにっ、武田興隆の火の手となるもの、信虎にはそれがわからなかった。信虎の迷いの中に一本楔（くさび）を打ちこむように今度は荻原昌勝が言った。

「信形殿の言われる武田家の興隆の火の手となるものは、晴信様初陣を以てすればよいかと存じます。晴信様は十六歳、元服されたばかりでございます。その晴信様の初陣となれば、従軍の将兵ことごとくお世継（よつぎ）晴信様のためにふるいたち、手柄を立てようとすること明らかでございます」

たわけものめと言う信虎の罵声（ばせい）がとんだ。

「晴信の初陣と大義名分となんの関係があるのだ。ばかなことを言うな、いかにも晴信は元服した。元服はしたが、あいつにはまだいくさ

はできぬ。元服はしないが、次郎信繁の方が勇気もあり、いくさには適している」

信虎は長男の晴信より次男の信繁の方を重んじていた。なにかにつけて晴信をうとんじ、信繁を可愛がっていた。

「いかにも、信繁様は勇武な方でございます。元服なさらずとも、今度の戦いに御出陣なさることはしごくもっともかと存じます。晴信様信繁様と御兄弟初陣となれば、もはや、このたびの戦い、わが軍大勝利のこと疑いの余地はありません」

信形の言は利いた。いくら信虎が次男の信繁をかわいがっていたとしても、長男の晴信を置いて、元服しない信繁に初陣の機会を与えるわけにはいかなかった。信虎は信繁、晴信の初陣をやっとみとめた。

信虎の前を引きさがった荻原昌勝と板垣信形は、館を出たところで、顔を見合わせた。

「なにか策をお持ちかな」

荻原昌勝が信形に訊ねた。

「いや、ない。昌勝殿こそ、策をお持ちかと心得ていましたが」

ふたりは、すぐ馬に乗らずに、肩をならべて歩きながら、どちらともなく、立ち止って、今度新築された晴信の館の方へ眼をやってから、

「だが、今度の戦いが晴信殿を守り立てるのに絶好の機会であることには間違いないないな」

昌勝が言った。それに対して信形は、深くうなずいているだけだった。

塩津与兵衛が信形を見かけて走って来た。

「かの者、確かに捕えました」

「捕えたか。よし、屋敷へひっぱっていくがいい、直接調べてやる」

杉の枝につもった雪がつづけざまに落ちて大きな音を立てた。

三

「いつごろから間者の仲間に入ったのだ」

板垣信形は、両手をうしろにくくられて、そこに坐らされている男に言った。

「三年前……」

まだ十七、八にしか見えない、目鼻だちがととのった男で、間者の

名から想像されるような者ではなかった。

「たった三年で、それほどの腕前になれるのはたいしたものだ。誰にたのまれて、武田の館を探りに来たのだ」

と言って置いて信形はすぐ、

「いや、これにはおそらく答えられまい。無理に言えといったら舌でもかまねばなるまい。そのことは聞かないことにしよう」

信形はしげしげと男の顔を見ていたが、なんと思ったか、男のうしろに廻って、しばられた男の縄を解くと、すぐもとのところに坐り直して、

「痛かったろう、大力無双の塩津与兵衛にしばられたのだからな。だがもう縄は解いた。ということはお前を自由にしてやりたいからだ。

しかし多少なりとも武田の館をうかがった敵の間者をただで逃がすことはできない。逃げるなら、自分の力でこのおしごめを抜け出すのだ。抜け出して、平賀源心のところへかえったら、武田信虎は大軍をひっさげて数日後に海の口へ向っておし出す準備中だと報告せい。信虎の嫡子晴信の初陣の場として海の口を狙っているのだと報告するがいい。これは神明に誓っていつわりのないことだから、そのまま伝えるがよいぞ」

男は板垣信形の顔を怪訝（けげん）そうな顔をして見上げていた。

「驚いたろう。お前も驚いたが、わしもお前の顔を見たときには、数年前お館様が手討ちにされた大月八兵衛が生きかえったのかと思った。大月八兵衛とは若いころから懇意だったから尚更のことなつかしくも

あった。八兵衛は兵法百般に通じたあっぱれな男だった。忍びの術にも長じていた。さっき雪の中に、足がまえを見たとき、あの歩き方はまさしく、八兵衛が考えだした天幻流の忍びの術の一つと見たのだ。大月八兵衛は平賀源心との和平策の交渉に当ったが、その結果がお館様の思うようにいかなかったのでお手討ちになった。むごいなされ方だった。おそらく大月八兵衛は死んでも死に切れない気持だったにちがいない」

そこまで信形が話すと、見開いている男の眼からぱらぱらと涙がこぼれた。

「大月八兵衛には今年十八歳になる男子がいるはずだ。おそらくお館様をうらんでいよう。しかし、大月八兵衛は、代々武田家に仕えてい

た武士だ、この甲斐の人間だ。信虎殿こそ恨んではいるが、武田家そのものを恨んではおるまい。もしその子息が武田家を恨んでいるとすれば少々筋違いではなかろうか。わしがもし、八兵衛の子だったら、晴信様にお味方申して、一日も早く晴信様の天下になるようにつくすつもりになるだろう。どうだな、わかるかな」

信形の話をじっと聞いていた男は次第に頭をたれていった。

「思案はその方の心次第だ。このおしごめを抜け出して平賀源心のもとにかえって報告し、ふたたびここに戻ったら、わしの屋敷に夜陰忍んでまいれ。そのとき、あらためて名乗り合って、主従の誓いをしてもよし、このまま平賀源心のもとにかえり、源心とともに滅亡してもそれはお前の好き勝手だ」

信形はおしごめ部屋を出ると戸締りを充分にして外へ出た。石和甚三郎と塩津与兵衛がそこに待っていた。

「なかなかしぶとい男だからもうしばらくああしておけ」

信形はそうとぼけていた。

一日置いて、ひどく寒い夜のことである。書院で読書をしていた信形はふと灯のゆれるのに気がついて書から眼を離して雨戸の方へ気を配っていると、背後の方でことりと音がした。ふりかえると、いつどこから入って来たのか、そこに町人姿の男が両手をついていた。

「どこから入ったのだ」

「明るいうちにこの家へしのびこんで夜の更けるのを待っておりました」

「なるほど、さすが大月八兵衛の一子、大月平左衛門みごとなものであるな」

　信形は男に言った。

「大月平左衛門、板垣信形様のために命を捨てる所存でまいりました」

　その挨拶に信形は、

「わかればいい、挨拶は抜きにしよう。実は、今が、ほんとうのところ武田興亡の瀬戸際なのだ。貴公にはぜひ晴信様のために働いて貰わねばなるまい。晴信様は賢明なお方である。大器たるべき素質を持っておられる方だが、まだ若いし、なにかと言えば信虎公に臆病者だとか、たわけ者だとか言われて、伸びる芽をつまれそうになっている。

したがって、なにかにつけて自信がないのだ。晴信様は元服なされた。もう大人だ。ここで自信さえ持たれるようならば、あとは晴信様ひとりの裁量で武田家は再び前の武田にかえることができる。それをいそがないと、武田家の老臣ことごとく山県虎清や、馬場虎貞のように切腹をおおせつかったり、お手討ちにあってしまう。今のお館様はもはや常人ではないのだ。わかったかな大月平左衛門」

信形は顎をつき出した。

「信虎公乱心気味のことはわかりましたが……」

「晴信公に自信を持たせる役をお前が引き受けることの方はどうだ」

「どうしたらよいのでしょうか」

「まず晴信様居室にしのびこんで、ゆえあって名前は申せぬが、晴信

様にお味方申し上げると告げて来るのだ。それから後のことはその都度教えてやる。お前は、あくまでも平賀源心の間者としての行動をとりながら、海の口城の内部を逐一、こちらに通報してまいればいいのだ」

信形の声は落ついていた。

四

晴信は人の気配を感じた。

誰かいる、誰かが部屋のどこかで、じっと自分をみつめているような気がしてならない。この深夜にどこからか曲者が忍びこんで来たのだろうか。しかし、不思議に殺気は感じられなかった。誰かがこの部

屋のどこかにいるが、その者は、晴信に危害を加えようとはしていない。それはいささかおかしなことだった。危害を加えないというならば、なんの目的でこの部屋にひそんでいるのだろうか、もの取りであろうか、それもおかしい。盗まれておしいようなものはここには一つもない。晴信の眼は冴(さ)えて来た。夜気のつめたさから察すると夜明けのおとずれは近い。朝の光が戸の隙間からさしこんで来るようになれば、曲者はもうここにかくれておられなくなるだろう、それまで、闇をへだてて曲者と対決しているか、それともこちらから声をかけるか。声をあげれば、寝所の隣りにいる武士がおっとり刀でとびこんで来るだろう。曲者は捕えられて斬られるかもしれない。そう思いながらも晴信は声を上げなかった。なにかが、彼の気持をおさえていた。

晴信は起き上って、用心のために枕元の大刀をつかんだ。

「ゆえあって晴信様にお味方申すものでございます」

晴信が大刀に手をかけると同時に静かな声が部屋の隅から聞えた。

晴信はその声の方を睨んでつぎのことばを待った。しかしつぎのことばは聞えず、その声のあたりにひそんでいるとおぼしい者との距離が、抗することのできない力で、おしちぢめられていくような感じがした。晴信はなんどか声を立てようとして、一方ではそれをこらえながら、曲者の近くにずるずるひきこまれていく自分を感じた。大刀を持った手に力を入れて見ても、いっこうに力が入らないし、立ちあがろうとしても、まるで腰が抜けたように身体中がだるかった。ねむいのだなと思った。起きているつもりでも、夢うつつの境地を彷徨(ほうこう)して

いるのかも知れない。

(夢か、そうか夢を見ているのか)

そう思うと、曲者がひそんでいると思いこんだり、声を聞いたりしたのもすべて夢かも知れない。

夢だと結論をつけると、それまで感じなかった大刀の重みが、こんどこそほんとうに晴信の眼を覚めさせたのである。あかるさが、雨戸の隙間から晴信の寝所を照らしはじめていた。

「やはり夢だったのか」

晴信は声に出して言った。夢にしては、あの声はあまりにはっきりしていた。晴信はいそいで戸をあけた。彼の寝所のどこかに異状がないかどうかを見るためだった。晴信の机の上に、見馴れない紙が置い

てある。厚さがあるから、広い紙をいくつかに折りたたんだように思われた。

晴信はすぐにはそれに手を出さずに眺めていた。やがて明るさが増して来て、そこには闇の人間によって贈られたもの以外に、なに者も潜んではいないことをたしかめてから晴信はその紙に手を延ばした。

それは海の口城の地図であった。千曲川(ちくまがわ)にそって建てられたその出城は天険の要害であった。真正面から攻めるとすれば千曲川から断崖をよじ登っていかねばならない。城の背後は急傾斜の原生林がある。木を切り、道を作って攻めこむことはほとんど不可能に近い。したがって攻める道はただひとつ、城門に通ずる小道をひたおしに押していって門を破るしかないが、その道は人ひとりがやっと通れるぐらいの

せまい道で、大人数をさし向けられる道ではない。たとえ、城の門へ近づいたところで、城壁から射かけてくる矢の餌食(えじき)になるだけのことである。結局こういう城は、まともに奪取すべき城ではない。長いこと囲んでいて、城中の糧食が尽きるのを待つ以外にはない。だが、そうしているうちには敵の本隊が救援に来るから、結局寄せ手は攻めあぐんだすえ引き上げるというのがそれまで何度かくりかえされて来た、この城の歴史だった。

平賀源心はこれまでこの城で、武田の軍を三度迎え、三度とも、村上の援軍を待って撃退していた。

晴信は海の口城について、概念的な話を聞いてはいたが、これほどくわしい絵図を見たのははじめてであった。

晴信はほとんど一刻（二時間）あまり絵図面に見入っていた。絵図面の中のものはすべて晴信の頭の中に入っていた。まだ見たことのない海の口城が、彼の頭の中にできあがり、その城の大広間に、多くの家来にかこまれている平賀源心の顔まで見えた。

（ゆえあって晴信様にお味方申すもの）

晴信はあの声を思い出した。なにはともあれ、誰かが晴信に味方するためにこの詳細な絵図面をとどけてくれたと考えるか、もう一つは、敵の謀略と考えられないこともない。謀略だとすれば、その地図の中に嘘があって、嘘へ晴信を誘導しようというよくある手だが……、晴信は、もう一度地図を見た。

城に通ずる道は一本だが、抜け道があった。それは、城の内部から

掘り下げていって、千曲川の河原へ出る道だった。どの城にも、たいていこのような秘密の抜け道はあるけれど、それを知っているものはごく僅かな人でしかない。

「この抜け道がほんとうにあるかどうかを探れば、この地図がほんものかにせものかが分る」

晴信はそうつぶやきながら、地図をたたんだ。その朝、信虎の前で、海の口城攻撃の軍議がなされることになっていた。軍議以前に海の口城の地図を見たことは晴信にとってたいへんありがたいことであった。

軍議には武田の諸将が列したが、軍議の始まる以前から、すでに諸将のあいだに沈滞した空気が流れていた。勝てるいくさではなかった。何千何万の軍をつぎこんだところで、おしつぶせるという城ではなか

った。まして深雪の降ったあとの悪条件を考えれば、この出陣がいかにばかばかしいものであるかがわかっているから、諸将は、あきらめに似た表情で黙っていた。諫言したら、腹を切れと怒鳴る主君に楯つく者もいなかった。不成功と知っていながらも出陣して、でれでれと長いこと陣の中にいて、いよいよ、どうにもならないと、信虎があきらめて引き返すのを待つより手がなかった。

「さて先陣だが」

信虎が先陣と言ったのを待っていたように板垣信形が口を出した。

「晴信様は元服された直後でございます。先陣はお世継晴信様にお命じ下さいますように」

晴信のことを口に出すと、信虎がけっしていい顔をしないのを知り

切っていての信形の進言だった。

「なに晴信に先陣だと……、晴信にどれだけ、いくさが分るというのか、合戦は先陣如何によって決するものだ。先陣の将は智勇共にすぐれたものでなければならぬ」

信虎は、前にひかえている晴信の顔をじろりと睨んだ。晴信は知らん顔をしていた。その晴信のすました顔が信虎には癪だった。

(こやつは、すでにおれの跡目を継いだような顔をしている)

そう思うと憎悪がこみあげて来る。晴信は長子だが、晴信にはあとをゆずりたくなかった。

「晴信、近うまいれ、この絵図を読んで見ろ。この海の口城の絵図面によって、どのような攻め方をするか言ってみるがいい」

信虎の声で武将たちは思わず顔をあげた。それはひどい、元服したばかりの晴信様に城の攻め方を言えといっても――武将たちは心配そうな眼を晴信に向けた。

しかし晴信はたいして動揺することもなく、父信虎の前へ進んでいって、海の口城の絵図面と対決した。無言。その時間が長びけば長びくほど信虎の顔は輝き出し、武将たちの顔は暗くなっていった。

「なにか方策があるのか、言って見るがいい」

信虎はなかば軽蔑を面に浮べて言った。

「このような要害にある城は尋常な攻め方をしても落ちるとは思いません」

「なにっ！」

信虎は晴信の意外な答え方にびっくりした。

「ではどのように攻める」

「攻めはいたしません、攻めればいたずらに将兵を失うばかりです。囲みます。囲んでおいて、敵の動ずるのを待って、少数精鋭の兵を向けて一挙に攻めおとします」

それは、このような城攻めの定法だった。それをすらすらと言ってのける十六歳の晴信に武将たちはほっとしたような顔をあげた。

「お見事なお答え！」

板垣信形がそばで讃めたのが信虎の機嫌をそこねた。

「臆病者め、武田にお前のような臆病者が生れたことをおれは恥ずかしく思う。晴信、生命がおしいのか、生命がおしいので、戦いをさけ

て囲むなどと言うのだろう」

「いかにも、生命をおしみます。生命は一つ、無駄に捨てたくありません。このたびの戦さにしても、勝つ目算のたつまではこらえるつもりです。たとえば、この海の口城の絵図面にしても、不完全過ぎます。もっとくわしく調べてからでないと、うかつに兵を動かすことはできません」

絵図面が不完全といった晴信のことばに、老臣の甘利虎泰が、むっとしたような顔をした。その絵図面は、甘利虎泰の手の者が苦心して調べあげたものであった。

「絵図面に不完全な点と申されますと」

虎泰はつるつるに禿げた頭をつき出して言った。

「この城に通ずる道は一本しかない。この一本の道以外には容易に近づくことのできない要害である。守るにやすく、攻めるにむずかしい城だ。だが、この城は本城ではない、はじめから出城として作られたものである。本城と連絡しながら寄せ手を翻弄（ほんろう）するのが出城の役目である。その連絡路がどこかにある筈だ。つまり抜け穴か抜け道があるに違いない。それが描いていない。すなわち、この絵図面は不完全である」

晴信はいささかのよどみなく、それだけ言うと信虎の顔を見た。信虎の顔にあきらかに狼狽（ろうばい）があった。晴信のおそるべき洞察力に対しての畏怖（いふ）が、憎しみを越えた対立感となって、信虎の眉間（みけん）のあたりをぴくぴくさせていた。

「まことに、まことに晴信様の申されるとおりでございます。虎泰、生命にかけても、海の口の抜け穴を探索して参るでございましょう」

虎泰が晴信の前に手をついて言った。あとの方は感情が激して言葉になっていなかった。席に連なる武田の宿将たちの間からも賞讃の息吹が静かなつなみのように晴信に向って押しよせていった。

信虎は手をふった。

「やめろ、もはや軍議は終った。即刻出陣だ。よいか晴信、戦いは理屈ではない殺し合うことだ。是が非でも、あの城はおとすという気持にならねば落ちるものではない。一カ月の余裕を与える。一カ月以内に見事先陣をつとめて、海の口城をおとせ。後見役は板垣信形と甘利虎泰に命ずる」信虎は席を立った。

五

『武田三代記』や『甲陽軍鑑』によると海の口城の攻撃は天文五年十一月二十六日から開始されたと書いてある。武田軍八千、海の口城には平賀源心が三千の兵とともにこもっていたと書いてあるが、かなり誇張されて書いた形跡がある。厳寒期であること、海の口城はもともと海尻城の出城であること、信州の諏訪氏、村上氏、小笠原氏等の勢力配置と武田氏との関係等から見て、まず寄せ手が千人、海の口の守備隊が二百か三百というのが至当な見方ではないかと思う。

晴れた寒い日が続いた。十一月二十六日に海の口城をかこんで攻撃をしかけて、十日間というもの、ほとんど連日のように風が吹いた。

西方に八ヶ岳連峰、東方に秩父山塊がつらなり、その境界を流れる千曲川ぞいに吹いて来る北風は身を切るようにつめたかった。午前中は比較的静かだが、午後になると、必ず、北風が吹き出し、飛雪が、寄せ手の方へ、雪煙となって襲っていった。そしてその風は夜になるとおさまり、とぎすました鎌のような月が出た。ぴしっぴしっと鞭をふるような音がどこからともなく聞えて来る。いわゆる寒走りの音である。夜になって、気温が降下するとともに、大地が、雪面が、水たまりが、ありとあらゆるものが凍る音だった。

武田の将卒は焚火を囲んで暖を取りながら、城の監視をつづけ、予備隊は、附近の民家を徴発して寝るのだが、この寒さからは完全にのがれることはできなかった。

海の口城はひっそりとしていた。まるで無人の城のように灯のかげもない。それなのに、武田軍が少しでも動きを見せると、それに呼応して城中に人気(ひとけ)がよみがえって来るのである。

信虎の命によって、早朝を期して攻撃したことがあった。城の門への一本道をたとえ一千人の軍勢が、おしすすんでいっても、城から見れば、先頭の一人が当面の敵だった。城に近づいていく兵は一人ずつ順序よく射すくめられていった。信虎は気狂いじみたところのある男だったが、勝味のないいくさをやたらにくりかえすほど、ばかではなかった。信虎は城を囲むことにした。

夜が明けると風が吹き、日が暮れると風がやみ、寒走りの夜を迎えるというくりかえしが、長いこと続いてから、雪があった。雪が降っ

ている間はあたたかかったが、雪が止んでからは、以前にも増して寒さが増した。

海の口城を囲んで二十日になった。その間、本城の海尻から、援軍が攻めよせる気配もないし、信州の小笠原、村上、諏訪の三氏いずれも動く気配はなかった。

武田の軍勢は戦いに見放されたように雪の中に消耗を強いられていた。なにか変化があれば、その変を利用して軍を動かすこともできるけれど、それらしい兆候はどこにも起らず、かえって変は武田の陣に起きた。連日の寒さにより、兵たちは凍傷にかかり、風邪をひき、肺炎になって死んでいく者がつぎつぎとでてきた。兵ばかりでなく、智将荻原昌勝も風邪をひいて高熱を発した。

板垣信形が信虎に退陣を進言したのは、いよいよ暮もおしせまった十二月二十五日であった。

「なに退けというのか、ばかな、攻め手も苦しいが、城中はもっとつらいぞ、この寒さに暖が取れない。おそらく城中の炭もつきたろう、焚木(たきぎ)ももうないころだ、糧食も欠乏して来るころだ。冬の戦さは、空腹ではどうにもならない。もうしばらくの辛抱で敵は降伏するだろう」

さすがに信虎は先を見こしていた。

「おおせのとおりだと存じます。前もって間者によって調べたところから推算すると、燃料、食糧ともに、かなり苦しくなったころだと存じます。もうひとつきかふたつき囲めば、城は落ちるでしょう。しか

し、この段階まで来れば、敵の戦力はもはやたいしたことはございません、城中の三百の兵をかこむには三百で充分です。城に通ずる道はただひとつ、敵がひもじさのあまり打って出たら、それこそもうけものでしょう」

なるほどと信虎はうなずいた。

「三百ほど残すか、それはいい策だ。それなら、その囲みの軍の大将は晴信にさせよう。信形も献策した以上ここに残って陣中で正月を迎えるがいいだろう」

信虎はひさしぶりで笑った。信形が困った顔をすると、ますます上機嫌になって笑うのである。晴信、信形は三百の兵とともに、この雪原で正月を迎え、へたをすると春まで、とどまることになるかも知れ

ない。少くとも、情勢の変化があるまで動くことはできない。信虎は晴信を呼んで言った。

「あとをたのむぞ。鼠一匹ものがれ出ないように見張るのだ」

信虎は軍を率いて、その日のうちに大門峠をこえて平沢へ撤退した。

その夜、三百の兵は篝火(かがりび)を囲んでだまりこくっていた。今日退陣していった連中は故郷で正月を迎える。だがわれわれはそれができない。彼等は沈み切った顔で信州の夜空を見上げていた。

「元気を出せ。今宵は特に寒いから、寒さしのぎに、少々の酒と、下戸(げこ)には餅をくばれとの晴信様のお声がかかったぞ」

その触れ声が伝わって、兵たちはやっと顔をあげた。寒さしのぎの酒だったが、酒で兵たちは気勢があがった。晴信様は若いが話が分る

などと大きな声でしゃべっている者もいた。

晴信は、ひとりで外へ出てはならないと板垣信形に言われていたが、半ばくずれかけたような民家の囲炉裏に坐って夜をみつめるのは若い彼には耐えられないことだった。晴信は、用便に立つような恰好で外へ出た。

槍を持った兵がこっちに背を向けて立っていた。

「ゆえあって晴信様にお味方申すものでございます」

槍を持った男はそのままの姿勢で言った。

「海の口城内は武田軍本隊の撤退で沸き立っております。武田軍の本隊が引きあげたことによって、警戒も手薄となったゆえ、早速、抜け穴を利用して、食糧と燃料の補給をはじめることと存じます。また敵

将平賀源心殿も、おそらく、機を見て、抜け穴をしのび出て海尻城へいかれるものと存じます。本城の海尻城におられる奥方様が発病なされ、今日明日のいのちでございますれば必ずや平賀源心殿は……」

槍を持った兵は、ちょっと言葉を切ってから、

「抜け穴の出口は千曲川河原の蛙石でございます」

槍を持った兵はそれだけ言うと、人の足音を聞きつけたのか闇の中に姿をかくした。板垣信形が、石和甚三郎と、塩津与兵衛をつれて来たのである。

「甘利虎泰殿を呼んでくれ」

出合いがしらに晴信が言った。そして石和甚三郎が、すぐかけ出そうとする背後から、

「出陣前の軍議のとき、甘利虎泰は、命にかけても、海の口城の抜け穴を探し出すと言っていたが、その後どうなったか聞いてくればいいのだ」

そういう晴信を板垣信形はたのもしそうな顔をして眺めていた。

「ひどく今宵は寒うございますな、われわれもいっぱい、いただきましょうか」

炉端に坐るとすぐ信形が言った。

「ばかをもうせ、ここは陣中だ。たとえ寒いからといって将たるものが酒を飲むわけにはまいらぬぞ」

晴信は十六歳とも思えぬような口を利きながら外の音を聞いていた。

間もなく甘利虎泰と石和甚三郎が、きゅっきゅっと雪の踏み音を立て

ながら入って来た。

「抜け穴については、あらゆる調査をいたしましたがございません。ないと見て至当かと存じます。さすれば、われわれは城に通ずる道一本を守ればそれでよいのでございます」

甘利虎泰は自信あり気に言った。

「千曲川を調べたか」

晴信が言った。

「はっ、千曲川？」

「抜け穴を掘るとすれば、おそらく千曲川の河原に掘り抜けるだろう。夏にしろ、冬にしろ川の中を歩けば、足跡はみつからない。千曲川の両岸には氷が張り出しているが、なかほどまでにはいたっていない。

水はいまでも音を立てて流れているぞ。水はつめたいが、水量も少いことだし、歩いて歩けないことはない。川を伝わって上流にいき、そこから海尻城へ入るのはわけのないことだ」

晴信に言われて、虎泰ははっとしたような顔をした。

「おそれ入りました。そこまで気がつきませんでした。早速調べさせて」

待てと晴信はやや声を大にして言った。

「うかつに調べにいったら敵に気づかれる。敵が抜け道を利用するのは、おそらく今夜おそくなってからだろう。海尻城と、海の口城との間を遮断していた武田の本隊が引きあげたので今夜からは、川の中を歩いていきさえすれば海尻へいける、気の効いた者を出して千曲川ぞ

いに見張っていたら、きっと見つかる。特に大きな石のあるところに気をくばれ。抜け口を見つけても二、三日は黙っているのだ」

虎泰は晴信のことばを聞きながら頭を下げた。その虎泰に晴信はたたみかけるように言った。

「海尻城の城下にくばってある間者に連絡して、城内にかわりがあったらどんなささいなことがあっても、知らせてよこすように言ってやれ」

六

十二月二十七日は風がなくめずらしくあたたかい日であった。兵たちは、適当な場所を探して日向ぼっこをしたり、衣類をつくろったり

していた。高台に出ると八ヶ岳がよく見えた。いつもなら頂上を吹く強風のために雪煙が見えるのだが、その日は嘘のように静かだった。外はしごくのんきな様相をしていたが、晴信の陣所は緊張した空気に包まれていた。

板垣信形、甘利虎泰、武田晴信が炉をかこみ、石和甚三郎と塩津与兵衛の二人が少し離れたところにひかえていた。

「晴信様の慧眼(けいがん)にはおそれ入りましてございます。まさしく、抜け穴は千曲川の河原、通称蛙石の附近にございます。そこより川を歩いてのぼり、海尻へ通ずるようになっております。今のところ毎夜、二十人ほどの人数がこの抜け穴を利用してひそかに食糧を運び入れておりまする模様」

虎泰はさらにくわしくその状況説明にかかった。

「糧食運搬だけか」

「きのうまでは、さように見うけられましたが、今朝、夜明け前に、抜け穴を出て海尻に出た五人の者がありました。風体から見て、どうやらこの五人のうち二人は身分あるもの、そのひとりは平賀源心殿ではないかという情報が入りました」

ううむ、と信形が唸った。

「平賀源心殿だという証拠は？」

信形が口を出した。

「はっきりした証拠はないが、平賀源心殿は衆に勝れた体格の持主である。それに、海尻の城下にしのばせてある間者の報告によると、平

賀源心殿の奥方様の病が篤く、今日明日のいのちということである。平賀源心殿は、奥方をことのほか愛されていた。急を聞いて、海尻へ行くことは考えられる」

　すると、海の口城には平賀源心はいないことになるのだなと、信形はひとりごとのように言った。そのことばに誘い出されるように晴信が口を開いた。

「敵将がいないとしても、海の口城はそう簡単に落ちる城ではない。だが、平賀源心殿がいないとあらば、だまって見ていることもあるまい」

「やはり攻撃を」

　甘利虎泰は無謀でございますと言いかねない顔で言った。

「いや、攻撃をしかける様子を示すのだ。三百の兵のうち、五十騎を出して、佐久往還を行ったり来たりさせるのだ。あとの兵を二つに分け、一方には梯子（はしご）を作らせ、一方には、松明（たいまつ）、火矢の準備にかからせる。敵はこれを見て、武田が新しい攻撃をしかけると見るだろう。もし平賀源心殿が海尻に行っているとしたら、必ずその間道を伝わって海の口城へ引きかえして来るに違いない。そこを討ち取るのだ」

　晴信がその策を披露すると、信形がまずそこに手をつき、つづいて虎泰が手をついた。

　虎泰は、

「まことに名策、明察のほどおそれ入ります。晴信様の御器量まことに武田家の御大将として仰ぐにふさわしく、ただただ、うれしく

……」

虎泰は涙をぽろぽろ流して言った。

「喜ぶのは早い。平賀源心殿を討ち取るまでは、どうなるか分ったものではない」

晴信は虎泰を制しておいて、

「海尻城の様子をよくさぐれ、平賀源心殿、奥方様逝去と分ったら、ただちに今のような策戦を取れ。源心殿も心が乱れておられる。必ず、策にひっかかるだろう。源心殿討ち取りの役は石和甚三郎、塩津与兵衛に命ずる。それぞれ十名ずつ、粒よりの腕達者を引きつれて、千曲川の河原に待ち受けておるのだ」

炉の火は燃えつづけていた。晴信はつぎつぎと策が頭に浮び、それ

が口に出ていくのを不思議に思っていた。だが、甘利虎泰の言うように自分が大武将の器であるとは思いたくなかった。騎馬を以て、佐久往還を行ったり来たりするのも、梯子を作るのも、篝火や火矢を用意するのも、すべて兵書の受け売りである。ただ受け売りでないものは、千曲川抜け穴の発見だけである。

(ゆえあって晴信様にお味方申すものでございます)

あの低いが錆(さび)の利いた声が、まさしく、味方であるならば源心は討ち取れるであろう。しかし、こうして、敵をふところ深く誘いこんで、今度はこちらが罠(わな)にかかるという手を警戒せねばならぬ。晴信は策を建てたものの、単純な気持で喜んでいる虎泰の気持にはなれなかった。

炉の火の中でぱちぱちとなにかが音を立ててはねた。

二十八日の朝になって平賀源心の奥方が確実に死んだという情報が入った。平賀源心の奥方は既に二十五日の日に死んでおり、二十八日に葬儀をすましたのである。

「よし、ただちにかねての手筈のとおりのことを始めるのだ。兵たちには、甲府より本隊が引きかえして来て、ふたたび海の口城攻撃にかかるのだと言っておけ」

二十七日にはあれほど天気がよかったが、二十八日になると、また北西の風が吹き出した。その風の中を武田軍の兵馬はあわただしく動きはじめた。梯子作りも始まった。城壁に立つ物見の人数も増えた。

新しい合戦の前触れとなるものはすべて出そろっていた。

その夜石和甚三郎と塩津与兵衛はそれぞれ兵十名をしたがえて、千

曲川の河原に別々に分れてひそんでいた。

夜更けてから、荷を背負った者がひとりふたりと千曲川の中を歩いておりて来て、蛙石の裏側から抜け穴に消えていった。夜半を過ぎるまでにその数は二十三名に達したが、平賀源心の一行とおぼしきものは通らなかった。

待つ身はつらかった。寒さが身にしみた。じっとしていると、そのまま凍死しそうだった。

「間者のなかに平賀源心を知っている者がいる。もし平賀源心が現われたならば、ころあいを見計らって狼煙（のろし）を上げるから、それまで迂闊（うかつ）に動いてはならぬ」

石和甚三郎と塩津与兵衛は板垣信形にかたく言い含められていた。

その間者がどこにひそんで見張りをつづけているやらも分らなかった。石和と塩津の二隊はそれぞれつめたい星を見ながら、身体をよせ合わせてひたすらに待っていた。源心が、夜明け近くに海の口城の抜け穴を出て海尻城へ行ったという事実からおして、海の口城へ引きかえすのも夜明けを選ぶだろうということは想像されたが、待つ身にはそれが長い時間だった。

夜明け前には気温が急降下する。それとともに押しよせて来る睡魔が、彼等を、深いところに引きずりこんでいこうとする。

ぴしりっと音がした。氷の張る音である。その音で石和甚三郎は眼を上げた。つづいて、なにか小石でも落下するような音がした。彼は腰の刀に手をかけた。音はそれだけだったが、なにか、変化が現われ

る予感がしたのである。彼は、隣りに坐って居眠りをしている男のももをつねった。その男が同じようにして次の男を起す。

あるかなしかの弱い風が千曲川に沿って吹いていた。そのつめたい風に顔をそむけるようにしている十名の武士たちの前に、狼煙が上った。天にかけた梯子をよじのぼるように赤い火はするすると延びていってその頂点において四方に散った。それは平賀源心の終末にそなえた花のように美しかった。

平賀源心は五人の供をしたがえて千曲川の河原沿いにおりて来る途中で狼煙を見た。

「計られたぞ」

源心は言った。海尻城へ引きかえすか、海の口城への抜け穴へのが

れこむか二つに一つ。源心の一行は上へ逃げた。そこには塩津与兵衛等十人の武者が待っていた。千曲川を下へ逃げようとすると、石和甚三郎を先頭に十人の武者が刀を抜いて待っていた。

五対二十の戦いはたちまちにして終った。平賀源心は教来石(きょうらいし)景政に討ち取られた。

七

平賀源心討死の第一報は板垣信形の子信厚が、若神子(わかみこ)に滞陣中の武田信虎に知らせた。

「平賀源心が晴信のはかりごとに破れたと？」

信虎は信じられないという顔であったが、更に、晴信主従三百が源

心の首級をさげて引きあげて来ると聞いて二度びっくりした。

晴信は平賀源心を討ち取ると早速兵をひきいて海の口城をあとにした。平賀源心なきあとは放って置いても佐久は武田のものになると見たのである。平賀源心が討たれたと聞けばその残党どもは海の口城と海尻城の総力をあげてかかって来るにちがいなかった。三百でそれに向うのは危険だった。

「臆病者め、なぜ海の口城へ入らなかった。海の口城を占領しないで、源心の首ひとつさげて、よくものこのこと帰ってこられたものだ」

信虎は晴信を諸将の前で叱った。初陣に功を立てた晴信を讃めずに、臆病者と叱りとばしたときに、信虎は武田の宿将たちに見はなされていた。

「おことばでございますが」

甘利虎泰が前にすすみでて、晴信がどのような策を建てて源心を討ち取ったかを説明した。

「まさしく、晴信様は武田家お世継にふさわしいおん大将」

と荻原昌勝が絶讃した。こうなるとそこにいならぶ諸将のことごとくが、晴信を讃めたたえた。

信虎は諸将の顔を見た。馬場虎貞も山県虎清も諫言をしたという理由で切腹を命じた。三藤下総と大月八兵衛は職務怠慢という理由で手討ちにした。いまここで、晴信を臆病者ではないといって信虎にさからった部将を処罰するとすれば、武田の武将ことごとくその罪の座に置かねばならなかった。

信虎は自分が既に武将たちから見はなされ、武田累代の宿将たちの心は晴信に向っていることを知った。

「源心の首は厚く葬ってやるがいい」

信虎はそう言って席を立った。

晴信は諸将から賞讃の言葉を与えられた。それにいちいち会釈しながら、

「いや、あれは信形と虎泰の建てた策だ。この晴信は初陣といっても、ただ炉端に坐っていたにすぎない」

そう言って、二人の老将の武勲をたたえたのである。十六歳の少年としては、でき過ぎた芸当であった。

その夜晴信は板垣信形を相手に盃を手にした。みんなに、おめでと

うと言われ、大器だとたたえられ、武田の世継にふさわしいとおされながらも晴信がけっして楽しい気持になれないのは、この勝利のもととなったあの陰の声である。

（ゆえあって晴信様にお味方申すものでございます）

あれはいったい誰であろうか。

「晴信様、初陣に勝利を得た気持はいかがなものでございましょうや」

信形が聞いた。

「正直言ってあまりうれしくもないな。なぜかといえば、この勝利の陰で采配をふるった者がはっきり分らないからだ」

晴信は信形の顔をさぐるように見て言った。

「すると、ゆえあって晴信様にお味方なさる者がほかにいるということでございましょうか」

なにっと晴信が言った。晴信の眼が光った。

「信形、もう一度今言ったことを言って見てくれ」

晴信は、信形に同じことをもう一度言わせてから膝を叩いて言った。

「やはり、信形の采配だったのだな。ゆえあって晴信様にお味方なさるという言葉は、信形があの陰の男に教えたのだな」

晴信はそう言うと今度こそほんとうに嬉しそうな顔をして笑った。

「晴信様の慧眼にはおそれ入りました。あの陰の男は大月八兵衛の一子大月平左衛門」

その男を呼びましょうかと言ったが晴信は首をふって、

「陰の男は今後とも陰に置いて欲しい」

と言った。その瞬間晴信の顔に殺気のようなものが走ったが、すぐ消えて、

「信形、父上のことを充分気をつけてくれよ」

晴信は、父信虎に、その夜から、もう父ではなく、身近い敵として対峙しなければならない宿命を自覚していた。

それから五年後の天文十年（一五四一）六月十四日、甲府盆地に小さい政変が起きた。武田信虎はその子晴信と武田家累代の宿将たちの手によって、駿河へ追放された。その日から武田信玄の時代が始まったのである。

消えた伊勢物語

一

藤原定家の註釈が書きこんである伊勢物語の原本が、武田信玄の寝所から消えて失くなったことが分ったのは永禄九年（一五六六）二月のはじめのことである。

信玄はその日、京都からやって来た本願寺光佐の使者、真鍋寛了と躑躅ヶ崎の居城の書院で会っていた。かねてから武田信玄と本願寺光佐とは款を通じていて、いよいよ盟約を結ぼうというところまで来て

いた。本願寺光佐にして見ると、上杉輝虎（謙信）は、越中加賀の一向宗をおびやかす敵であり、武田信玄から見ると、輝虎は、信濃をおびやかし、関東を窺う兇賊であった。両者が攻守同盟を結ぶのは当然のなりゆきであった。

話はとんとん拍子に進んだ。あとは上杉輝虎をどのように攻めるかの具体的問題が残るだけになった。

「しばらく休憩いたしましょうか、どうも朝から戦さの話ばかりしていると頭が痛くなる」

信玄は真鍋寛了に言った。使者としてやって来た寛了をあまり疲労させてはならないという思いやりと、いままでの話し合いの内容について、家老たちに、検討させて見る余裕を作るためでもあった。客を

迎えたときの信玄のいつもの手であった。

信玄の側近としてその席にいた、飫富兵部と、馬場民部のふたりは、その機を幸いに席をはずした。

「真鍋寛了殿は和歌の道にくわしいと聞いているが」

と信玄が言うと、寛了は、

「くわしいというほどではありませぬが……なにか」

と眼を輝かせた。大体京都から来る客人で和歌についてくわしいそうですねと言われて、いやな顔をする者はないということを信玄はよく知っていた。戦国時代であっても、なんとなく教養ありそうに見せびらかしたいのが人間の心であり、特に京都から地方へ来る者は、ひどく、このことにこだわっていて、ありもしない教養をありそうに見

せびらかそうとあくせくしたものである。真鍋寛了は京都風をひけらかして、鼻にかかったものをいうような男ではなかった。彼は、特に歌の道に秀でているのでもなければ、むやみやたらと、古歌の蒐集（しゅうしゅう）に浮身をやつす人でもなかった。

彼はほんとうに歌が好きだったから、歌の道はと信玄に聞かれたとき、眼を輝かせたのであった。

「真鍋殿、実は当家に、藤原定家公の持っておられた伊勢物語がありますが、お目にかけましょうか」

「定家の伊勢物語が？」

寛了はひどく驚いたらしく大きな声を上げた。

伊勢物語は俗にいう歌物語で、在原業平（ありわらのなりひら）のよんだ歌を主体として書

き上げた歌物語である。「古今集」の撰進にかかったころから始まって、「後撰集」のできるころまで、かなり長期にわたって、整理編集されたものである。著者は判然としていなかった。

伊勢物語には、古本、朱雀（すざく）院塗籠（ぬりごめ）本、そして通称定家本と言われるものがあった。この定家本が後世になって、流布本、天福本などに分れたのである。この定家本の原本が武田家にあったと聞いて寛了が驚いたのは当然のことである。

「できましたならば、ぜひ拝見いたしたいものでございます」

寛了は幾分身体を乗り出して言った。

藤原定家の筆のあとを見ただけでも、京都への土産になると思った。

「ごらんになりますか。歌の心得のある方に見ていただければ、あの

本を保管している者にとってもたいへんうれしいことです」

信玄はそう言うと、近習の諸角右馬允に命じて、寝所より、伊勢物語を箱ごと持って来るように命じた。

近習の諸角右馬允はすぐ立って、信玄の寝所へ行くと、その外に控えている加賀見祐信とふたりで、信玄の寝所に入り、床の間に置いてあった黒塗りの手文庫に入っている伊勢物語を手にした。ひどく軽く感じたので、

「ひどく軽いのう」

と言いながらその箱を加賀見祐信に渡した。加賀見も、それを持って見て、

「なるほど軽い」

と首をひねった。

「中を改めて見ようか」

諸角右馬允は、そう言ったが、すぐ自分の言葉を打ち消すように、

「いや、いや、中を改めて持って来るように言われぬ以上、そのようなことはしてはならぬ」

と自分に言って聞かせて、ではと加賀見祐信に挨拶して、長い回廊を滑るように書院の方へ歩いていった。黒塗りの手文庫は眼の上高くささげられたままであった。

信玄は諸角右馬允の持って来た箱を前に引き寄せると、真鍋寛了の顔をちょっと見てから、ふたを取った。中はからっぽであった。

「おっ！　これは」

信玄は驚きの声を上げたが、心の動揺を顔にまでは出さずに、静かに諸角右馬允に聞いた。

「手文庫を間違えたようだな、あそこにはいくつかの文筥(ふばこ)が置いてあったからな。どれ、余がいって見て来よう」

信玄は、甲信両国をおさめる太守とも思えぬほどの気安さで、立ち上ろうとしながらも、客人には、ちゃんと、丁寧なものごしで、

「ちょっとお待ち下さい。すぐ持ってまいりますから」

とことわりを言った。

信玄は書院を出ると近習を通じて飫富兵部と馬場民部の二人に、すぐ彼の寝所へ来るように言いつけた。そのとき信玄の顔はやや青ざめていた。

信玄は、飫富兵部、馬場民部、諸角右馬允の四人とともに寝所に入って、伊勢物語を探した。どこにも見当らなかった。

「そちが、この手文庫をここから持ち上げたとき軽いと思ったのはなぜだな。軽いか、重いかはなにを比較にして言ったのか」

信玄は右馬允に訊いた。

「はっ！　この前、北条殿の御使者が参られたとき、やはり私が、この手文庫を取りに参りました」

諸角右馬允は真青な顔をしていた。自分に疑いがかけられているのかも知れないと思ったのである。

「そうだったな」

信玄は、すぐ隣りにいる加賀見祐信に訊いた。

「そちが、この手文庫を手にしたとき軽いと思ったのはなぜか」

「木の箱ですからその中に本が入っているとすれば、およその見当はつきます。右馬允殿から手渡しされたときは、たしかに、空の箱を渡されたという感じでした」

加賀見祐信はいささかも悪びれた顔をせずに答えた。

「よし分った。このことは誰にも言うではないぞ」

そして信玄は飫富兵部と馬場民部に向って言った。

「余が伊勢物語に眼を通したのは、五日前の、さよう、北条殿の使者が来られた夜のことだ。一刻ほど読んだことを覚えている。紛失したとすれば、それから今日までの五日間のことだ。伊勢物語のことは表には出さずに厳重に調べるように。おそらく外部から賊が忍びこんだ

のであろう」

信玄は、それからしばらく考えていたが、

「真鍋寛了殿にはなんとか言ってごまかして置こう。そのほうはそれですまされるが、すまされないところがでて来て弱ったのう」

とひとりごとを言った。

すまされないところというのは今川家のことであった。もともとこの伊勢物語は今川義元が大金を積んで買い求めたものであった。今川義元ほど、京都かぶれした武将はなかった。住居を京都の御所に真似たばかりでなく、服装も好んで公卿風なものを着た。京都からは多くの芸能家を呼んで来たし、歌人や学者なども盛んに招待していた。義元が伊勢物語の定家本をどうして手に入れたのかくわしいことを知っ

ている人はなかったが、おそらく、京都の名のある公卿から買い取ったものと思われていた。歌が好きだから買い取ったのではなく、こういう珍本を持っていることを他人に見せびらかしたいためであった。信玄は、義元と違って、少年のころから、正式に和歌を勉強していた。現在、彼の作として残っているものはかなり多い。和歌に耽溺（たんでき）していたのではなく、言わば、武将としてのたしなみであった。彼は詩も上手だった。

信玄が、この伊勢物語をはじめて見たのは天文二十三年（一五五四）甲駿両国の盟約にもとづいて駿河に出征して、北条氏康と戦ったときのことである。この戦いのあとで、禅僧であり、義元の参謀でもあった大原崇孚（たいげんすうふ）の肝入りで、今川、北条、武田の三家の連盟ができ上った

のである。三家連盟の誓紙がかわされたあとで、今川義元は、この伊勢物語を、北条氏と武田晴信（当時信玄は晴信と名乗っていた）に見せた。氏康は大した関心を示さなかったが、晴信はすぐその伊勢物語の頁を繰りはじめて、しばらくは手からはなさなかった。

「さすがは和歌にたしなみのある晴信殿のこと、御熱心なことですな」

大原崇孚はそう言って晴信を讃めた。

「私にはこの本がどれほど価値のあるものか分りませぬが、いったいこの本を金にかえたらどのくらいのものになるのですかな」

とそれまで黙っていた北条氏康が晴信に訊いた。

「金では売買できないほど価値の高いものです。強いて言うならば、

駿河一国、甲斐一国にも匹敵するものでしょうな」

晴信は真顔で言った。いささか誇張した讃め方だったが、この讃め方が、みえっぱりな今川義元の気に入った。義元はすこぶる上機嫌で、

「それほど、この本の価値を心得ている晴信殿ならば、読んでも面白かろう。写し本を取って送ってやろうか」

と言うと、

「いえ、私は写し本でなく、このものを借用させていただいて読みとうございます」

と心のままを言った。

「いいだろう、そのうち貸してやろう」

義元は気軽に約束して、すぐそのことを忘れていたが、永禄三年

（一五六〇）義元が大軍を率いて、西上すると決ったとき、信玄は、使いを駿府へやって、義元の西上を祝福すると同時に、かねての約束どおり、伊勢物語を借用願いたいと申しこんだ。義元は、このころはもう、伊勢物語には飽きていた。見せるべき相手にはことごとく見せてしまっていた。少くとも、伊勢物語に関するかぎり自慢は尽きていた。義元は、京都から帰って来るまでの約束で、伊勢物語を信玄に貸出した。そして、その義元は、織田信長との一戦に敗れて、不帰の人となったのである。

信玄は、そのまま伊勢物語を彼の手元にとどめて置いた。貰ってしまったようなつもりでいた。ところが、義元の子氏真から、義元の死後半年も経たないうちに、伊勢物語を返却してくれと言って来た。

信玄は、氏真のその言い分が気に食わなかった。義元は偉かったが、その子の氏真は、蹴鞠(けまり)をやるしか能のないような人間だった。その氏真に返せと言われたことが、信玄の癇(かん)に触った。

信玄はもともと、駿河が欲しかった。義元が死んだことは、駿河に手を延ばすのに好機であった。伊勢物語をかえせと氏真が言うなら、実力で取りかえして見よと言いたいところであった。信玄は氏真との間が疎遠になることをむしろ喜んでいるようであった。だが、伊勢物語を紛失したとなると、これは、武田家の面目にかかわることでもあり、今川氏真とのやり取りの種を失ったことにもなるのである。信玄が、

「失くしたというのではすまされなくなった」

と言ったのはそのことであった。

二

飫富兵部と馬場民部による伊勢物語盗難の捜査はその日のうちに始められた。まず信玄の寝所に近いところに住んでいる者の身元調査から始まった。近習、諸角右馬允をはじめとして、寝所の警護に当っている加賀見祐信等はすべて武田の譜代の家来であり、信玄の寝所に回廊によって結ばれている信玄の正室三条氏をはじめとして、側室禰津（ねづ）氏里美の方、油川氏恵理の方のところに仕えている女たちはすべて素姓のはっきりしている者ばかりであって、怪しい者はいなかった。捜査はその辺で一頓挫した。ひそかに調べよと言っても、調べが始まれ

ば、なにかあったなということはだんだん知れ渡っていくのは当然のことだった。しかし、賊が入ったらしいということだけで伊勢物語が失くなったということは当初の関係者の四人しか知らなかった。

「お館に寝起きしている者のすべてについて調べましたが、あやしい者はおりませんでした。あの五日の間に、外部から侵入者があったという証拠も、なにひとつとして発見されませんでした」

三日目に馬場民部が信玄に報告した。

「館の近くで、なにか騒ぎはなかったか、どんな小さなことでもよいが――」

信玄が二人の顔を見ると、飫富兵部が、

「そう言えば、この五日の間の、三日目の日が暮れて間もないころ、

館の外を警護している者が、つまらぬことで、大声を上げて争ったことがありました」

飫富兵部は、その話を加賀見祐信から聞いたとおり話した。

暗くなってまもなく、外で言い争う声がしたので、信玄の寝所を警備していた加賀見祐信がすぐ、彼の手の者二人を見にやった。城内を警備中の武士が、行きずりの挨拶が悪いと言って、口喧嘩になったが、すぐ納まったということであった。伊勢物語盗難事件とは直接には関係がないようだった。

「賊が入って来たとすれば、夜であろうか、昼であろうか。それにしても、金目のものに眼をつけず、伊勢物語のみ狙ったのにはなにか意味がありそうだな」

信玄はそう言って、床の間へ行くと、伊勢物語の手文庫と並んで置いてあった古今集の手文庫を、その重さをたしかめるように持ち上げて、

「物騒なことだな。そのうち、この古今集の中身も余が知らぬ間に持ち出されるようなことになるかもしれぬ」

ひとりごとだったが、側近によっては、きつい皮肉の言葉に聞えた。

信玄はふたりを引取らせると、武田の使い番衆の中で忍びの組頭をやっている大月平左衛門を呼んで、

「三日以内にこの床の間にある古今集の中身だけを盗み取ることができるか」

と訊いた。大月平左衛門は、なんのために、信玄がそのようなこと

をするかは訊かなかった。平左衛門は、しばらく考えてから、できると答えた。

「それでは中身を盗み取って、馬場民部の枕元に置いて来るがいい」

四日目の朝早く、馬場民部が、あわただしく信玄の寝所を尋ねた。信玄は起きたばかりだった。

「どうしたのだ、朝っぱらから」

白髪まじりの首をふり立てて、あわてふためいている馬場民部の顔を、信玄はおかしさをこらえながら眺めていた。結果は分っていた。

「そちの枕元へ余の古今集が夜這いに行ったということだろう」

信玄は、床の間へ行って、古今集の手文庫を開いた。中はからっぽだった。

「どうして、そのことを」

「余が大月平左衛門に、三日以内に手文庫の中から盗み取って、馬場民部の枕元へ置けと命じたのだ」

そして信玄は、馬場民部をそのまま、そこに留め置くと、大月平左衛門を呼んで、どうやって盗み取ったかその手口を聞いた。

「お館様の御寝所への入口は、この廊下寄りの一カ所しかございません。入るならば、この廊下からでございます。廊下には、必ず二名の警護の武士が詰めておりますから、入るには警護の者の眼を外へそらせて、その隙に入るしか手はございません」

大月平左衛門の輩下には女の忍びが数人いた。その中から、彼は、二人の女忍者を選んで、北の方（三条氏）に仕える侍女に変装させて

しばしばこの廊下を局の方へ行ったり来たりさせた。警護の武士たちは女が廊下を通るときは、ちらっと見るだけで、凝視するようなことはなく、そばへ来ると眼をそむけている場合が多かった。そのような習慣になっていたのである。大月平左衛門は、警護の武士たちの、この、見ぬふりをする隙を利用しようとしたのである。

三日目の日暮れどき、大月平左衛門は、外で、大きな物音を立てさせた。物が倒れ、人が走るような音が聞えたので、信玄の寝所のとなりの控え間にいる武士たちは、それっと外へとび出し、廊下にいた二人の武士も廊下を背にして庭の方を警戒した。その二人のうしろを女人が通り抜けて寝所に入りこんで、古今集の手文庫の中から本だけを抜き取ったのである。警護の武士が外の物音に気を取られていた、ち

ょっとした間のできごとだった。警護の武士が向きを変えたときは、女のうしろ姿が回廊の向うへ消えるところだった。その古今集を馬場民部の枕元へ置くなどということは、きわめて容易なことだった。

信玄は、大月平左衛門からその報告を聞くと、

「伊勢物語が失くなったときも、外でなにかもめごとがあったと聞いた。早速、そのもめごとを起した当人を調べて見るように」

馬場民部は、その足で、すぐその二人の者を調べに行った。既にその二人はこの城にはいなかった。行先は不明であった。その二人は、もと北条氏に仕えていたことのある流れ者の武士で、信州上田ヶ原の合戦以来小山田信有の組下に籍を置いていた。たいして手柄もないかわりに、悪いこともしていなかった。戦国時代には、そういう流れ者

武士はどこの国にもいた。

「その二人のほかに、女間者が入りこんでいて、ぐるになってやったのでしょうか」

馬場民部は緊張した顔で言った。

「伊勢物語を盗んだのは女間者だと考えたほうが、伊勢物語紛失事件にふさわしく、つやっぽいではないか」

信玄はそう言って笑うと、黙って聞いていた大月平左衛門に新しい命令を与えた。

「新館(あらやかた)の女たちの素姓をくわしく調べてまいれ、充分に手を尽すのだぞ」

新館というのは信玄の長男義信の居所のことである。そこの女たち

は義信の正室（今川義元の娘）をはじめとして、駿河から来た女ばかりだった。

「お館様……」

馬場民部は心配そうな顔で信玄の顔を見た。だが信玄は、民部の視線をふり切るようにして言った。

「このことは誰にも言ってはならぬ。兵部にも言うなよ」

重臣の飫富兵部にも言うなと言ったのは、兵部が義信の子供のときからの養育係であり、義信と特に親しかったからであった。

三

新館（武田義信の館）は天文二十一年に、今川義元の娘於津禰(おつね)御寮

人を太郎義信の正室として迎えるために、躑躅ヶ崎の一部に建てられたものである。

於津禰は今川義元のところで贅沢三昧に育っていたから、山深い古府中に来ても、なにかと不平を洩らしていた。義信に言って新館を増築させたり、調度品など、古府中のものは使わず、いちいち駿府から取りよせて使った。なにしろ、顔立ちもよかったし今をときめく今川義元の娘だというので、はたも、ちやほやしていたので、嫁して来て三年も経つと、義信に対してかなりの発言力を持つようになっていた。

川中島の戦いのとき、義信は父信玄の言うことを聞かず、彼の独断的行動を取ったために味方に大きな損害を与えたことがあった。このとき信玄は義信をひどく叱った。義信がこのことを於津禰に話すと、

「父が生きてさえいたら」

と言った。今川義元が死んだ直後でもあったので於津禰は、父今川義元が生きていたら、信玄も遠慮して義信を叱らなかっただろうと言ったのである。

このように、生家を嵩（かさ）に着たがる於津禰のことだから、義元が死んで、今川家の後を兄氏真が継ぐようになってからの武田信玄の駿河に対するやり方が気に入る筈がなかった。

「お館様（信玄）はこのごろ駿河の兄上様に対してつめたくなられた」

などと、於津禰が言うと、義信はつい、恋女房の於津禰の側に立って父信玄を見るようになった。義元が死んで氏真の代になってから、

駿河の威勢は日に日に衰えていくことは明らかであった。それまで今川家の傘下にいた松平元康（後の徳川家康）は、今川義元が死んで三年目に、今川家と絶って独立し、急激にその勢力を拡げていった。

今川氏真の家来たちは、この状態を見てはおられず、しばしば、信玄に、相談に来たが、信玄は、いい返事を与えようとはしなかった。信玄は、駿河が自壊していくのを待っていた。放って置いてもそのうち亡びるだろう駿河のことだから、そっちの方は手を出さず、もっぱら信濃の経営と、山を越えて向うの上野（こうずけ）に兵を出して、関東進出の機を狙っていた。

於津禰は生れ故郷の駿河のことが恋しいあまりに、しばしば駿河から人を呼んで聞いた。故郷の形勢は決していいふうではなかった。

そのころ於津禰が駿府からつれて来た女中頭が死んだ。於津禰はやはり駿府からつれて来たきねという女を女中頭として、欠員の女は駿府から呼びたいと言い出した。於津禰の口からその意志は義信に伝えられ、義信から、飫富兵部に伝えられた。

「他国から迎えるということはちとむずかしいかもしれませぬ」

飫富兵部は首をひねった。嫁に来るときは誰をつれて来てもしようがなかったが、嫁に来てから使う女は、その土地の者を使うことが慣例になっていた。

「しかも、この間、賊がお館様の寝所近くに忍び入った形跡もありますので、外部の者をこのお城の中へ入れることはお控えになったほうがいいのではないでしょうか」

　飫富兵部が静かにそう言うと、

「なに外部の者だと、今川家と武田家は親類だ。攻守同盟も結んでいる。身内同然なところから人を呼んではいけないのか」

　義信は眼くじらを立てて言った。

　そう言われると、それも一理だから、兵部はこのことは、一応お館様に相談しようと言った。

　信玄はこの話を飫富兵部から聞くと、

「駿府からつれてまいることはならぬ。補充は、古府中の女を当てろ。そうそう、誰やらが娘をお城へ出したいと言っていた。さて、誰であったか、いまはとんと思い出せないが、思い出したら、その者の娘に新館へ行くように申しつけよう」

信玄が女中のことにまで口出しすることはいままでなかったことである。おかしなことを言うなと飫富兵部は思っていたが、なにか、信玄の心の中にあるのだろうと黙っていた。

その翌日になって、みつという女が、新館へ出仕した。みつは足軽大将曾根七郎兵衛の姪で、嫁に行ったが、子供ができず不縁となって、生家に帰っていた。三十を二つ三つ越していた。

「おしかけ奉公というようなものですが、お館様のおことばもあるので、一度、お逢いになっていただけませぬか」

兵部は於津禰御寮人に言った。

於津禰は、この話を最初から嫌っていた。お館様ともあろう者が、女中風情の採用に口を出すなど、父義元が生きていたら、さぞ笑うだ

ろうと義信に言ったほどだった。が、信玄が言葉をさしはさんだ以上逢わないわけにはいかなかった。逢って、嫌だと言って追いかえそうと思った。

於津禰はみつを駿河から連れて来た十二人の女中の見ている中で引見した。

みつは小ざっぱりした身なりをしていて、ちょっととぼけたような顔をしていた。

「生れはどこか」

と聞いたのにたいして、どこで生れて、どこで、どのようにして育ったという話から生家の庭の大きな柿の木に、子供のころ、よじ登った話までやった。

「おしゃべりですね、あなたは。そんなおしゃべりは、この新館には好ましくない」

と於津彌が言うと、みつは、わっと大声を上げて泣き出した。その泣き声の大きいといったら、新館中が鳴りひびくほどであった。涙がとめどなく流れた。泣きながら、

「もし、このまま家へ帰されるようなことになったら、私は新館の前で自害いたします」

と、懐刀の入った袋を出して見せた。

「ばかかしら、この女」

於津彌はすぐ近くにいる女中頭に囁いた。

「あんなに言っているのですから、使って見たらいかがでしょう。使

って見ていけなければ――」

新しく女中頭になったきねが言った。

「そうね……」

於津禰は、みつという女が、予想外の女だったから採用して見ることにした。

「それほど言うなら置いて上げましょう」

と於津禰が言うと、

「ありがとうございます、ほんとうにありがとうございます。私はこれで生命拾いができました」

と、まだ涙に濡れている顔の相好（そうごう）を崩して笑いだしたのである。

四

このみつは、実によく働いた。新館の奥女中十二人のうち誰よりもよく働いた。仕事がないと、下働きの女たちにまじって働くので、奥の女たちが文句を言うと、

「でも、私は働くのが好きですから」

と言った。じっとしていることが嫌いで、身体を動かしているか、しゃべっているかどっちかだった。

「どうだな、みつは」

しばらく続いたころ飫富兵部は女中頭のきねを呼んで聞いた。

「働くのはいいが、あのおしゃべりには、ほとほと困ります。それに

あの女のおしゃべりは、ひどく下品で――」

あとは言わずに口をつぐんだ。

奥女中十二人の中には未婚者が八人もいた。みつは、その女たちの前で、猥談（わいだん）をやらかすのである。それも、かなりあけすけな猥談なので、娘たちは顔を赤くした。

「下品なのはこまる。他の者と取りかえようか」

兵部がそういうと、

「いえ、もうしばらく置いて見ようと思います。厳重に私が監督しますから、そのうち悪い癖も直るでしょう」

「悪い癖というと？」

兵部はきねを睨んだ。

「いえ、たいしたことではありませぬ」

きねはひどくあわてて、打消した。それは、どんな癖かと聞かれても、答えるのにこまるような癖であった。

みつは、その明けっぱなしの性格で、新館の女たちの、或る意味での人気者になった。みつより年の下の者が多かったが、みつは常にその女たちの下風に出ていた。こまごましたことも自ら進んでやった。みつが、とんでもない癖を出したのは、みつに対して女たちの警戒心がすっかり解けてしまったころであった。新館へ来てから、十日ほど経っていた。

みつは女たちと擦れ違うとき、そっと手を前に出して、女たちのそこに触れた。一番最初に、それをやられたのは、十五歳のたまという

女だった。たまは、きゃっと大声を上げたほどであった。たまが驚くと、みつはにこにこして、

「たまさまは、もうすっかり、ごりっぱですわ」

と言った。なにが、もうすっかりごりっぱなのか、すぐには分らなかったが、たまは、みつに、女の秘密を覗かれたようで不愉快であった。だが、たまはまだ若いから、それを他の女たちには言えなかった。みつがたまのそこに触れたのは、そのとき一回だけで、その後、擦れ違っても、みつは知らん顔をしていた。妙な女だと、たまは思っていた。

たけという女は、通りすがりにみつにそこを探(さぐ)られたのに腹を立て、呼びとめて、みつの頬を打った。するとみつは、ひどくせつなそうな

顔をして、

「この私の手がいけないのですから、どうぞこの手をたたいて下さい」

と言った。

間もなく、みつのこの癖は女たちの話題になった。話し合って見ると、十二人が十二人とも、みつにさわられていた。しかも一度だけで、二度とさわられたものはなかった。女中頭のきねが、この話を、於津禰御寮人にすると、於津禰はひどく面白がって、みつを呼んで訊いた。

「なぜ一度だけしかさわらないのです」

するとみつは、

「一度で、どんなかたちをしているか、すっかり分りますから、二度

とふれて見る必要はありません」

と答えた。

「ではなぜそのようなはしたないまねまでして、そのかたちを知りたいのです」

と声をあらげて聞くと、

「女のあれは、女の心です。その女の心のかたちは、女のそれに現われるのです。その女とほんとうの朋輩になるために、私はその女の心のかたちにふれたかったのです」

みつはしゃあしゃあとした顔で答えた。

大月平左衛門が信玄のところに伺候したのは、みつと於津禰との間に妙な問答が行われたその翌日であった。

「新館に入りこませた、みつによって女間者が分りました。つるという二十二になる女でございます」

「どうして分ったのだ。なにか証拠をつかんだのか」

「女間者かどうかを見破るのはそれほどむずかしいことはありません。みつという名で新館に入りこんだ女は、忍びの術でいうところの、反の手を用いました」

「反？　反とはなんだ」

「はい、動に対しての反でございます。反の手の中の要突きという術をつかいました。要とは女性のあれのことでございます。女の要を突いて見て、反、すなわち、その反応をたしかめるのです。普通の女ならば、そこを突かれると、必ず声を上げたり、身を引いたりします。

声を上げない場合でも、反射的に必ず身を引きます。ところが、間者の心得のある女は、容易に要を突かせません。さりげなく身をかわすか要のように見せかけて、股を突かせます。忍びの心得のあるものは常に油断がないのです。つるという女は、二度身をかわし、三度めに股をつかせました。まさしく、つるは間者です。それから駿河に人をやって、十二人の女の身元をことごとく洗わせましたが、つるの母親は、もと北条の家臣、瀬木三郎兵衛の娘です。現在も瀬木の一族は北条に仕えて、使い番の仕事をやっております」

大月平左衛門はひといきついて、

「つるという女間者は、おそらく、みつが唯の女ではないことを知っているでしょう。だからつるは、必ず近いうちになにかをしでかしま

す。みつの生命を狙うことも考えられます」

「大丈夫か、みつひとりで」

「みつはしっかりした女ですから、ひけを取ることはないでしょう。が、念のため、もう一人たしかな者が新館へ忍びこみます」

「女間者か」

「いいえ、今度は男です。もっとも腕の立つ忍者、すなわち、私自身が、新館にもぐりこみます。手引きはみつが務めます」

大月平左衛門は、そのことばどおり、新館にもぐりこんだ。たとえ信玄の命令だとはいえ、やがては領主となるであろう義信の居所を探るのはあまりいい気持ではなかった。

大月平左衛門は、みつからの情報を縁の下にひそんで待った。三日

目に、みつが縁側に立ってひとりごとをいった。

「あら、あら、わたしったら、あれをどこへ落したのかしら、御寮人様のお部屋よ、きっと」

みつはなにか失くしものでもしたふうを装いながら言った。

その日の日暮れどき、大月平左衛門はその於津禰御寮人の寝所の天井に身をかくした。みつが言った御寮人様のお部屋よ、きっと、というのはその部屋を監視しろという符牒だった。

於津禰御寮人はなにかに心を乱されたように落ちつけなかった。立ったり坐ったりしていた。ときどき、床の間の下の戸棚の方へ眼をやるところを見ると、その中になにかが入っているらしかった。

義信を待っている気配もはっきりしていた。ときどき侍女に、義信

はまだ帰館しないかと声を掛けた。

義信が彼女の部屋へ入ると、於津禰御寮人は、侍女たちを遠くしりぞけて、声をひそめて言った。

「お館様が私の父から借りたままになっている伊勢物語が、私の部屋の床の間の下の棚の中に置いてありました。きのうまでは、そこにはなにもなかったから、夕べから今日の午後までの間に、何人（なにびと）かが持って来て置いたのです」

於津禰の声は天井にいる大月平左衛門にははっきりとは聞えなかったが、於津禰が、棚の中から伊勢物語を出して来て、義信の前に置くのを見て、於津禰の言葉を読んだ。

「なるほど、これは父が大事にしている、藤原定家公の伊勢物語に間

違いがない。すると、いつぞや、父の寝所を賊が窺ったというのは、この伊勢物語が盗まれたということだったのか。……しかし、父はなぜそのことをこの私に言ってくれなかったのか。そして、その盗まれた伊勢物語が、今ごろなぜ、お前の部屋に……」

義信はことの重大さにひどく驚いたようであった。於津禰も、今はただ驚いているだけでその伊勢物語をどうしたらいいか困っているふうであった。

義信はしばらく考えた末、

「飫富兵部に話して、彼の意見を聞いて見よう」

子供のときから、義信の養育係であった飫富兵部にはなんでも言えた。飫富兵部なら、義信のために親身になって考えてくれるだろうと

思った。

義信と飫富兵部は書院で面会した。伊勢物語が於津禰御寮人の部屋にあったという話を聞くと、兵部はすぐ言った。

「なにものかの策略です。盗んだ伊勢物語をいままでかくして置いて、いまごろ於津禰御寮人のところへ持ちこんだというのは、お館様と於津禰様、つまりお館様と義信様との仲をさかせる策略です。このようなものが出て参りましたと、伊勢物語をお館様へお届けしたら、お館様は、於津禰様が、今川様の出であるから、もしかすると、於津禰様がとお疑いをかけられるやもしれないという見えすいた計略ですが、お館様はそんなお人ではありません。いますぐ、それを持って、私とともにお館様のところへ参りましょう」

飫富兵部が言った。

「これが策略だとしてもいったいその策略を使ったのは誰だろう。日本中の忍者を集めても、あれほど厳重な警戒をしている父の寝所に忍び入るなどということができるわけがない」

「と、おっしゃいますと」

「父だ。父信玄が、自ら伊勢物語をかくしこみ、女間者を使って、於津禰の部屋に持ちこんだのに違いない」

義信は眉間のあたりをぴくぴくさせながら言った。

「女を使ってと、おっしゃいますと、最近、この新館へ来たあのみつという女が……まさか、なぜ、お館様がそんなことをなさるのです。義信様は、武田家の総領、於津禰様はその正室……」

そこまで言いかけると、義信は、ふふんと鼻でせせら笑って言った。

「お父上は、総領であるこの義信をさし置いて、勝頼の方を後継ぎになさろうと考えておられる。このごろの父上が私に対してのなされ方を見ていると、それがはっきり分るのだ。今度も、おそらく、父上は伊勢物語が於津禰の部屋から出たということを理由に、於津禰を今川へ離別しろというに違いない。於津禰を離別してから、駿河へ兵を向けようとなさるおつもりじゃ」

義信は昂奮して来ると口が止らなくなる。彼は、川中島の戦いの時のことまで持ち出して、飫富兵部にかきくどいた。こうなれば、義信の心が静まるまで黙って聞いてやらねばならなかった。

飫富兵部は機会を失した。

その翌日になって、ふたたび兵部は伊勢物語が見つかったことを信玄に申し出るように義信にすすめたが、義信は一夜のうちに、さらに考えが硬化していた。どう考えても、このことは父がやったとしか考えられないから、あのみつという女間者を捕えて拷問を掛けると言い出したのであった。これには兵部も困った。そんなことをすると、いよいよ事は大きくなるのである。飫富兵部は、

「とにかく、その伊勢物語は私があずかりましょう。私の責任で、厳重に保管して置いて、折を見てお館様にお話しいたしましょう。いざというときには私が腹を切ります」

三日目に、義信はやっと納得して、伊勢物語を飫富兵部にわたした。

大月平左衛門はそこまで見届けてから、新館を出て、信玄に、その

ままのことを報告した。

信玄は十日待った。十日経ったが飫富兵部からはなんとも言って来なかった。大月平左衛門をやって、飫富兵部を監視させたが、伊勢物語は、彼の文櫃（ふみびつ）の奥へしまいこんだままだった。

飫富兵部は、重臣だった。重臣だから信玄と義信の間のことを心配して、考えをめぐらせているだろうことは分っていても、信玄には、その飫富兵部のやり方が気に食わなかった。主人はこの信玄である。なにごとによらず、まず信玄のためを考え、それから嫡子の義信のことを考えればいいのである。信玄は、そのときはじめて飫富兵部に疑念を持った。

「飫富兵部の家から伊勢物語を盗んで馬場民部の枕元へ置いて来い」

信玄は大月平左衛門に命じた。こうしてその二日後には伊勢物語は馬場民部の手を経て信玄のところに返された。信玄は、伊勢物語が、馬場民部の枕元に置いてあったことを飫富兵部に話した。飫富兵部が実はと、彼が知っていることのすべてを話せば、信玄も、大月平左衛門を使って彼のやったことをすべて話し、飫富兵部も義信も、その後の悲劇を招かずにすんだかも知れない。だが飫富兵部は、ついにそのことを口にしなかった。できなかったのであろう。

信玄は伊勢物語を武田家の宝庫におさめた。盗(と)るとすれば、宝庫ごと持っていくしかなかった。そうして置いて、彼の寝所の警護の武士の中に、大月平左衛門の部下を加えることにした。忍びに懲(こ)りたからであった。

このことがあって五日ほど経ってから、新館の庭で、深夜、物音が聞えた。女中たちが灯火を持って出て見ると、みつとつるが懐剣をふるって争っていた。双方が既に重傷を受けていた。

女中たちがかけつけたときには、つるが、口の中に紙を飲みこもうとしていた。その紙を飲みこませまいとみつが、つるの口に指を入れていた。その紙片には北条の間者が使う暗号が書いてあった。つるは、北条の間者であった。暗号書を誰かに渡そうとするところをみつに見られ、争いになったものと思われた。つるとみつはなにごとも言わずに、その夜のうちに死んだ。

つるが北条の間者だとすると、伊勢物語にからまるこの事件は北条

氏康の陰謀であったことがほぼ義信にも飫富兵部にも読み取れたが、そのときには、北条氏康の思惑どおり、信玄と義信の間には大きな溝ができていた。その後、信玄と義信とは駿河に対する政策で、はげしく争った。飫富兵部は義信の方に廻った。

義信と飫富兵部が幽閉され、自刃したのは、その翌年の永禄十年（一五六七）の八月であった。

まぼろしの軍師

一

山城国妙心寺の僧、鉄以（てつい）は帚（ほうき）を持ったまま老武士の動きを見ていた。

老武士は庫裡（くり）に通ずる木戸をおして中へ入ろうかどうしようかとためらっているようだった。彼は三度木戸に近づいたが、結局延ばした手を引こめて、飛び石伝いの道を山門の方へ引返していった。思いなやんだ末、あきらめたせいか、ひどく元気のない歩き方だった。老武士が方向をかえると、梢の間から、ひとすじの落陽が彼の顔をはっき

りと照し出した。老人は片眼だった。それに眉間のあたりから頬にかけての刀傷が、さらに彼の顔を醜怪なものに見せていた。老武士はかなりひどく足を引いていた。旅をつづけている証拠に、老武士の背には、色あせた道中袋が斜めに背負われていた。武士の階級を示すにしてはあわれなほど、粗末な腰の物を申しわけのようにさしてはいたが、武士としての体面を保つほどの身支度ではなかった。彼の腰から、その刀を奪ってしまえば、武士でも老武士でもなく、それはただの、旅につかれた老人に過ぎなかった。

老人は山門のところまで戻って来ると、本堂の方に向き直って、両手を合わせて、なにか口のなかで言った。遠くから拝んで帰ることを、自分自身に納得させているように見えた。それからは、二度とふりか

えらなかった。老人は足を引き引き、山門を出て杉並木の参道へおりていった。木蔭に入ってすぐ、暗くなったためか、老人はなにかにつまずいて倒れた。

「あぶない」

そこまで見送っていた鉄以は思わず声を上げた。それ以上、その老人が去っていくのを、黙って見てはおられなかった。いわくありそうなその老人を、そのままにして置いたならば、すぐそのあとに、取りかえしのできないほどの不幸が、彼を訪れるような気がしてならなかったのである。鉄以は、帚を木の幹にもたせかけて置いて、山門をかけぬけて、倒れている老人のそばに走りよった。

老人の白髪頭が何度か動いた。動くたびに老人の口の中からかすれ

たような息使いが聞えた。

鉄以はころんで、容易に立てそうもない老人を助け起しながら言った。

「どこぞ怪我でもなされましたか」

老人はまぶしそうに片眼を開けて、坐ったままで鉄以の顔を見上げていた。鉄以にはその隻眼が両眼で見詰められるよりも怖く感じた。

近よってよくよく見ると、ひどい服装だった。刀をさしていなければ、乞食と間違えられてもしようがないような襤褸（ぼろ）の衣服だったが、乞食のように不快な体臭を発してはいないし、ちゃんと、膝の上に両手をそろえて、

「かたじけない、ご坊は当寺の僧か」

と聞きかえしたあたりには、落ちぶれはててはいるが、やはり武士としての体面を維持しようとする、必死なものが見えていた。

「私はこの寺の僧で鉄以と申します。もしやあなたは、この寺に所用でもあって来られたのではないでしょうか」

そう言われると、老人はほっとしたような顔をした。自分で言えないことを、他人に言って貰ったあとのように、やや照れくさそうな顔はしたけれど、すぐ前どおりの土色の、みにくい、表情のない顔にもどって、

「この寺に三河国の牛窪生れの僧がおられたら、お目にかかりたい」

老人ははっきり言った。

「三河国牛窪生れの僧ともうしますと、私ひとりだけでございますが、

「その僧の名は？」

鉄以は心もち老人とはなれた距離で言った。

「あなたが、牛窪生れの僧であったか。するとあなたは、川中島で戦死された武田信玄公の軍師、山本勘助殿の子息ではござらぬか」

そういう老人の眼は異様な輝きを持っていた。満身の期待を鉄以の答えに掛けている眼であった。

「さようです、私は、三河国牛窪の山本勘助の子で、幼い頃からこの寺に預けられておりますが……」

彼が十歳になるまで生きていた母が、折りにふれて父のことを話してくれたから、父の名はよく知っていた。

「お前のお父さんの山本勘助は、そのうち、きっと大手柄を立てて、

大将に出世して、お前を迎えに来る――」

母は念仏のように、そればかりを繰りかえしていた。その父、山本勘助は母が死んでも、帰っては来なかった。寺にあずけられ、鉄以という名を貰って、三十年にもなるけれど、父山本勘助の消息は一度も聞いたことがなかった。ずっと前に武田に仕えているということは、風のたよりに聞いたことはあったが、武田に仕えて、なにをやっているかは分らなかった。だから、老人が、二十二年も前の川中島の戦いで死んだ武田信玄の軍師、山本勘助と言ったことばが、鉄以には、父勘助と直ぐに接続されなかった。鉄以は父勘助のことは、なかばあきらめていた。風雲にあこがれて、妻子を捨てて出ていった父勘助は、名を挙げるどころか、ただ一兵卒として、どこかの戦場の露と消えた

ものと思いこんでいた。その父が、武田信玄の軍師だったと言われても、にわかにそれが実感となって、鉄以の胸を打っては来なかった。

「あなたの幼名は勘一、そしてあなたの母はそのでござったな」

鉄以の疑念をはねとばすような、鋭い眼つきで老人は言った。鉄以にはそれが質問ではなく、駄目押しに聞えた。

「いかにも私の幼名は勘一、母はそのですが、私や母の名前まで、知っておられるあなたはどなた様でしょうか」

しかし、老人は自分の名前をすぐに答えようとはしなかった。言い渋っているのではなく、彼が長いこと求めていた相手にめぐり会った喜びに、しばらくはそのまま陶酔しているようだった。

「あなたが勘一……」

と老人は言った。それはまるで、何十年も逢わないでいた吾子に会った父親が、洩らすであろうように、苦痛にも似た響きを持っていた。そして、老人のその一つの眼には水の膜が張られ、やがて頬を伝わって涙があふれはじめたころ、老人はやっと自分を取り戻したように、

「これは失礼つかまつった。拙者は、山本勘助とともに、武田信玄にお仕え申していた三枝（さえぐさ）十兵衛と申すものでござる。……あれから二十二年。とうとう、山本勘助の子息にめぐり会うことができ申した。そしてこの胸の中に畳みこんでいた、山本勘助の一部始終をお伝え申すことができるのだ。これこそ、神仏の加護というものであろう」

　老人はそういうと、坐ったままで、寺の方へ向き直って手を合わせた。

しかし鉄以は、その老人の拝む姿を冷然と見おろしながら、なんとも言わなかった。寺の境内を掃除しながらふと見かけた老人に、なにか曰く(いわ)ありそうだと思ったときは、好奇心にひかれて眼で追った。寺に入ろうとして入れずに帰っていく姿は、鉄以にあわれを覚えさせた。そして老人は転んだ。僧としての本能が鉄以を走らせた。そしていまここで、老人から父勘助を知っていると言われたとき、鉄以は冷たい水をあびせられたように、冷酷な眼で、老人を見おろしたのである。

寺にあずけられて三十年間、鉄以は、父山本勘助のことを一時たりとも忘れたことはなかった。母が言ったように、大将となって帰ってくるとは思わなかったが、いつかは誰かが、父の消息をもたらすだろうと思っていた。しかし、その父の消息を知っているという人間が現

われた瞬間、鉄以は、そこに、なにかしらの矛盾を感じたのである。鉄以が長いこと待ち望んでいたものを、その老人がもたらしたということに、用心深い鉄以は注目した。仕組もうと思えば充分に仕組むことのできることだった。鉄以の四十歳という年齢と経験が、情をおさえた。戦乱につぐ戦乱だった。この夏、一世を風靡（ふうび）していた信長が討たれ、信長を討った光秀が討たれたあとの天下を、治める者はまだ決ってはいなかった。羽柴筑前守秀吉が、信長のあとを継ぐ者であるという人もあったが、越前の柴田勝家、甲信を手中におさめてにわかに強大となった徳川家康も、北条も、上杉も、毛利もいまなお健在であった。戦乱はまだまだつづき、戦乱の陰について廻る、小悪、大悪もまた、いろいろの形を以て現われるだろうことは、疑う余地のないこ

とだった。鉄以は妙心寺の中堅僧であった。幼くして家を失った鉄以にとっては、この寺が彼の家であった。彼は、亡き父よりもその家たるべき寺を愛していた。

(みだりに人を寺内に入れるべからず)

それはお寺嫌いの信長時代に設けた、妙心寺の掟でもあった。

そこに疲れ果てて坐りこんでいる老武士が、積極的に寺に害をなすとは考えられなかったが、山本勘助の名をかたって、寺にころがりこみ、鉄以を通じて、なんらかの物質的な要求をすることが、考えられないでもなかった。言わば、ていのいい、かたり、ゆすりのたぐいだったとしたら——鉄以はそれを考えていたのである。

「鉄以どの、一夜でいいから当寺に泊めていただくわけにはまいらぬ

か。多くは望まない一夜でいい、一夜で、山本勘助についてのすべてをお話し申すことができるであろう」

老武士の隻眼には哀願がこめられていた。

（かたりであろうか。戦乱の世に、落ちぶれ果てた老武士の頭脳がしぼり出した芝居であろうか。芝居とすれば、父の名、母の名、そして自分の幼名までなぜ知っているのだろう）

しかし、それだって、三河国牛窪へいって聞けば分ることであり、たまたま、この老人が、その辺を通り合わせて、聞き知ったのだと考えてもへんではない。

「お泊め申したいが、さきごろ領主より、寺には、みだりに人を泊めてはならぬというきついお達しがありました」

鉄以の白皙(はくせき)の顔は動かなかった。

「さらば、いずくたりともよいから、宿へ案内してくださらぬか。一夜でよい、一夜あれば、鉄以どのに、山本勘助がいかに偉大なる軍師であったかをお伝えできるのだ。拙者の余命はいくばくもない。いまここで、山本勘助の真相を直接その子に伝えなければ、山本勘助は、名もなき雑兵としておわることになるのだ。それでは川中島で戦死した山本勘助に申しわけない」

烏の群が鳴きながら頭上をとび越えていった。日が暮れると急に寒くなる。鉄以は夕闇の中に立ったままだった。天正十年(一五八二)もあといく日も残していない。その寒空の下に、たとえその老人がいかなる素性のものであろうとも、たのまれれば宿を世話してやらねば

ならないだろう。まして、父や母や自分の幼名を知っているという縁があれば、ねぐらを探してやるのは、仏につかえる身として当然のことであろう。

鉄以の白い顔がやっと動いた。

「さあ、私の手につかまって、お立ちなされ。大和尚に一夜の宿をともども乞うて進ぜましょう」

鉄以は老人に手をさし延べた。

二

その夜、鉄以が三枝十兵衛を案内していった家は、もともと妙心寺の宿坊として建てられたものではあったが、いまは見る影もなく、荒

れ果ててしまったので、日頃、物置がわりに使っている廃屋だった。寺内に泊めることのできない人たちが来た場合、ここへ案内することになっていた。

「なにぶんにも、寺にお武家さまを泊めることは先ごろから、きつく禁ぜられておりますので」

鉄以は三枝十兵衛の前に頭をふかくさげた。

「とんでもない。夜露だけでもふせぐことができたら、それでけっこうでござる」

三枝十兵衛はくもの巣だらけの屋内へ眼をやった。以前はしっかりした家だったらしい名残りはあったが、長いこと人が住まないために、かびくささく陰湿だった。それでも、炉だけはその家の建てられたとき

のままに、大きな面積をしめていた。屋内一部が薪と榾（ほだ）の物置に使われていた。

　鉄以は老人を炉端に坐らせると、すぐに寺に取ってかえして、小鍋の中に、大根、芋、そして、稗餅（ひえもち）などを入れて持って来ると、鍋を炉のかぎにかけた。

　炉に火が燃えあがると、そのぼろ屋も、生きかえったように明るくなった。老人はあまり食べなかった。食べたくとも食べられないのだということは、老人が物を口へ運んでいく様子を見ているとよく分る。疲労が限界を越えているらしかった。胸中の腐敗した空気を嘔吐（おうと）するようなしぐさだった。鉄以は、参道で倒れた老人に手をかして、ここまでつれて来た時の、あの尋常でないほどの、痩せおとろえた身体の

軽さから考えて、多分老人は病気だろうと思った。

老人は間もなく箸を置いた。いくらかの熱い食べものを得たからであろうか、老人の顔はやや生気をとり戻したようだった。

「かようなもてなしを受けて、なんとお礼を申し上げてよいか……おそらくこれは地下の山本勘助の導きと存ずる」

老人は丁寧に礼を言ってから、姿勢を正して鉄以に言った。

「鉄以どの、拙者がこれからお話し申す、山本勘助のこと、終りまでお聞き下さいますな」

いやでも聞いて貰わねばならないといった顔だった。

「拝聴いたしましょう」

鉄以は覚悟をきめていた。三枝十兵衛と名乗る老人がいかなる者で

あろうとも、父を語るというからには、聞かねばならないと思った。

老人の話の真否のほどは、そのあとで判断すればいいことだった。

「山本勘助は当世一の軍師でござった。武田信玄公は、陰の軍師山本勘助の十七年間の奉仕によって、不動の基礎を作ったのでござる。だが、山本勘助はあくまでも陰の軍師であり、陰の人だったから、彼が策戦失敗の責を負って、川中島で戦死しても、彼の名は表には出ず、武田勝頼公の戦死により、武田が滅亡した今日においては、もはや山本勘助の陰の軍師としての業績を知るものは、拙者ひとりになり申した。かくいう三枝十兵衛は、二十年間山本勘助と同じ道をたどり申したが、川中島の一戦で、上杉家にとらえられ、その後今日まで生き長らえて、恥をさらして歩く、おろか者でござる」

老人はそう前置きしてから、やや肩から力を抜いた。それからは静かに話し出した。

山本勘助が武田家の宿将、甘利虎泰の館を訪れたのは、天文十二年(一五四三)の春先だった。甘利虎泰は山本勘助を引見して、なにが得意であるかと聞いた。

「いささか軍法を心得ております」

「その軍法は誰に教わったのか」

「誰にも教わりません。この足で諸国を遍歴して、さまざまな合戦の次第を見聞し、それによって、自らの軍法をうち立てたものでございます」

甘利虎泰はその答え方が、ひどく気に入った。孫子の兵法を、なに

がしに学んだなどと言って、まことしやかな漢語をぺらぺらしゃべる自称軍学者、兵法者は数かぎりなくやって来るが、いずれも戦争を食い物にして、諸国を渡り歩いている輩(やから)であって、彼等の軍法が実戦の役に立つものとは考えられなかった。そういう男にかぎって、口先だけは達者だが、武器を持たせれば、犬一匹殺すこともできないのだ。そういう渡り者の軍法者とくらべると、山本勘助はどこか違っていた。聞けば答えるだけで、自らを少しも売ろうとしないその謙虚さが、虎泰の気に入った。

「それでは聞くが、この館を、ただ今、すぐ兵五十人を以て攻めよと言われたらなんとする」

甘利虎泰が聞いた。

「攻めても無駄です。お見掛けするところ、この館には、少くとも兵二百が守りをかためています。今すぐ五十やそこらの兵で、いかように攻めてもどうともなりませぬ。ただしあと半日の御猶予を下されば、必ず攻めおとしてごらんに入れます」

「なにあと半日中に攻めおとす」

甘利虎泰は不審な眼を勘助に向けた。

「天文を案じまするに、今宵おそくなって、南の烈風が吹き出します。その機を利用して、厩(うまや)小屋に火を放ちます。炎がお館に燃え移るのを待って攻撃すれば、ひとたまりもなくこのお館は亡びます。南風の鼻先に厩小屋を設けたのは、お館を危うくすることこの上もないことと存じます」

山本勘助は顔色ひとつ変えずに答えた。その夜、山本勘助の予言どおり、強い南風が吹いた。翌朝、甘利虎泰は山本勘助を召し出して、知行二百貫文を与えることにし、その日のうちに厩小屋を移築させた。

甘利虎泰の幕下にあった山本勘助が、武田信玄にその才をみとめられたのは、天文十四年、信州塩尻合戦のときであった。山本勘助は甘利虎泰を通じて献策し、その策戦により武田軍は大勝を得た。甘利虎泰は、信玄に軍議の席に山本勘助を参加させるように乞うた。

「諸国をわたり歩いて来たような者を、たとえ一度や二度功を立てたといって、軍議に参加させることはできぬ。だが、その者に軍法の心得があるならば、軍議の前の下ごしらえに使ったらどうか」

軍議の前の下ごしらえというのは、敵兵力の分析、合戦の場の地形

図の作製、間道里程の調査、自軍の整備情況の再確認等の資料を、作戦会議に提出する役目だった。

「まことにお館様のおおせのとおり」

甘利虎泰は信玄の前をさがって、そのことを山本勘助に伝えた。山本勘助が武田信玄の陰の軍師となったのはそれ以後である。軍議の始まる前に、武田信玄は山本勘助に取りそろえた資料を持って来させて、一応資料についての説明を聞いてから、

「そちは、どうすればいいいと思う」

と策を聞いた。それに対して山本勘助は、低いしゃがれ声で、彼の考えを答えた。

「さがってよろしい」

信玄は山本勘助をさげて、諸将を呼んで軍議を開いた。軍議がどう決着したかは、山本勘助には分らなかった。いよいよ、合戦が始まってから軍議によって決った作戦が、山本勘助が信玄の前で述べた策であることを知った。戦さを重ねるたびに、信玄の建てた策は図に当り、武田は勝ち、武田信玄は部下に尊敬され、敵には畏怖された。武田は旭日（きょくじつ）のいきおいで隣邦を席捲していった。だが、山本勘助は有能なる作戦補助員として、幕中の隅に座を占めているに過ぎなかった。軍議に列する者は武田家累代の宿将たちだけであり、流れ者の軍師が出る幕ではなかった。山本勘助の出る幕は、その軍議の始まる以前において、神経質なほど青白い顔をした信玄の前で、ぼつぼつと、まるでひとりごとのように、ひとくさりしゃべることで終っていた。信玄は、

山本勘助の作戦にはいっさい口をさしはさまなかった。そこには天地ほどの身分の懸隔があった。

「だが、信玄公と山本勘助とは心の中では通じ合っていたのだ。心と心とが通じ合っていても、武田家という古いしきたりが、山本勘助を軍師として、軍議の席へ迎えるわけにはいかなかったのでござる。甘利虎泰をはじめとして、名のある諸将も、山本勘助の策が、即ち武田信玄の策であることを知ってはいたが、そんなことを口に出すものはいなかった。陰の軍師は、陰に置いた方が信玄公にとっても、武田一族にとっても、すべてに好都合だったのでござる」

三枝十兵衛は話の途中で言葉を切って、

「鉄以どの、湯をいっぱい所望いたしたいが」

老人は鉄以が汲んで与える湯をうまそうに飲んでから、

「山本勘助は十七年間、陰の軍師として、武田信玄に仕え申した。そして、たった一度だけは、陰の軍師ではなく、ほんとうの軍師として、信玄公の前に坐ったことがござった。そして、それが山本勘助の最期のときとなったのでござる」

それは永禄四年（一五六一）九月九日、川中島の戦いの時であった。

その日山本勘助は信玄に呼ばれて、彼の居所にいくと、信玄はいつになくむずかしい顔をして言った。

「上杉勢と対峙（たいじ）してはや二十日以上も過ぎた。このまま敵の動きを見るか、進んで攻撃するか、そちはどのように考える」

いつかはそのような下問があることを期待していた山本勘助は、そ

の答えをちゃんと用意していた。

「これ以上の長陣は無益と存じます。軍を二つに分けて、一手を以て森の平を越えて、西条山にいる上杉勢の背後を突けば、謙信は必ず千曲川を渡って、川中島へ出てまいるものと存じます。その機を待って、一気に攻めかかれば、お味方勝利は間違いないものと存じます」

「森の平への迂回軍が敵に発見されたら、いかがいたす」

信玄は山本勘助に訊ねた。十七年間こういうことは一度もなかったことである。すべて山本勘助が一方的に語るのを、信玄は黙って聞いていたのだが、今日にかぎって、信玄が質問を発したことは、あきらかに山本勘助を陰の軍師ではなく、表の軍師として認めたことであった。山本勘助は感激した。

「森の平の半ばまでは隠密行動が必要と存じますが、それ以後発見されても、西条山の敵軍は陣を立て直すことはできないでしょう」

武田信玄と山本勘助との軍略論議は、小半刻（三十分）にわたって行われた。山本勘助の策が用いられることになって、高坂弾正、馬場民部、真田幸隆の迂回軍が行動を起したのは、その夜であった。

だが上杉謙信は、武田軍の動きをぬかりなく察知していた。謙信はあらゆる方向に放っておいた物見からの情報によって、武田の策を見破ると、その夜のうちに行動をおこし、翌十日の朝霧を利用して、武田の本陣へ接近し、霧の霽れるのを待って斬りこんだのである。まさかと思っていた敵軍が、眼の前に迫っていたのを見て、さすがの武田軍も狼狽した。戦いがその一瞬に決ったかに見えた。

山本勘助は狭霧の中に敗戦を意識した。そして敗戦の責任者としての自らの処置をも考えていた。彼は久住優軒、大仏庄左衛門、諫早五郎等数名の家来と共に、敵陣深く斬りこんでいって、東福寺村附近で柿崎和泉守の郎党の手にかかって死んだ。

「もはやこれまでと思った山本勘助は、紺糸縅の鎧をつけ、青毛の駿馬にうちまたがり、穂先一尺二寸、長さ一丈五寸、目方五貫六百匁の大身の槍を、自由自在にうちふりながら、越軍の中にかけこみ、まず、本庄、山吉の二陣を蹴ちらし、敵将謙信いずれにあるやと呼ばわりながら、つき進んだ。鬼神もあざむくような武者姿だった」

山本勘助の最期の場面になると、三枝十兵衛は、その隻眼を見開き、手をふり、叫び、時には立ち上って、その乱戦の模様を物語った。そ

の時六十歳をとうに過ぎていた山本勘助が、一丈五寸という大身の槍をうちふるうなどということは、想像されなかったけれど、鉄以には、三枝十兵衛のものがたる、川中島の戦いだけは、おそらく真実に違いないと思った。ただ鉄以にはその老人が、二十二年前の川中島の戦いの郷愁だけに、残された彼の生命力のすべてを打ちこんだような気の入れようで、戦いを語るのが不思議に見えてならなかった。三枝十兵衛の言うとおりの死に方を山本勘助がしたとしても、それを語る三枝十兵衛は、第三者であり、当然客観的な表現がなければならない。おそらく、この老人は、川中島における体験を山本勘助に託して、話しているに違いないと思った。志を得ずして、いまなお、戦乱の世を、はいずり廻っている老武士の姿はあわれであった。

やがて老人は語りつかれたのか、声をおとし、肩ではげしく息をついていたが、飲みかけの湯で喉をうるおすと、

「もはやなにも申すことはない。これで拙者は死ぬことができる」

老人はその場にくずれるように倒れこみ、生命の余燼のすべてを、山本勘助のものがたりにつぎこんだかのように、そのまま深い眠りに落ちこんだ。

鉄以は、老人のそばに一夜、つき添ってやっていた。榾の火をたやさぬようにして、朝を迎えたが、老人は再びその片眼を開けようとはしなかった。鉄以は隙間洩る朝日の下で、老人の乾いた唇に水を塗ってやり、合掌した。老人の死顔は静かだった。

三

　鉄以が妙心寺の大和尚に、諸国行脚の許しを乞うたのは、天正十八年の四月である。三枝十兵衛が妙心寺を訪れた天正十年ごろにくらべると、世の中はずっと安定していた。秀吉に反旗をひるがえした北陸の柴田勝家が賤ヶ嶽の一戦で潰え去った後秀吉は、諸国の大名を和戦二様のかまえによって次々とその勢力下に従え、天正十五年、九州の島津氏を新勢力の一つに加え、更に天正十八年三月、小田原の北条氏を攻め亡ぼしてからはもはや、秀吉に敵対するものはなくなっていた。

　鉄以の旅は、おもて向き諸国行脚による修業となっていたけれど、真の目的は父山本勘助のことを調べるためだった。鉄以が出発するに

当って妙心寺の大和尚は、

「三枝十兵衛の語ったことが真実かどうかを調べるのではなく、不幸にも、亡びさった武田の事蹟を調べるつもりで、行くがよい。ほっておけば足もとから消えていく歴史を、しっかりと書きとどめることが、亡び去った人たちの最大の供養にもなり、お前の父親山本勘助への法要にもなるだろう」

大和尚は幾許（いくばく）かの路銀と、諸国の寺々への紹介状を書いて、鉄以に渡してから、更につけ加えた。

「どこへ行っておっても、山城国妙心寺の僧であることを忘れぬよう」

鉄以は妙心寺の山門を出た。十歳の時、寺に預けられてから四十年、

一日も離れたことのない妙心寺との訣別はつらかった。天下は泰平の様相を示して来たけれど、いつまた戦争が始まるかも分らなかった。そうなれば、寺へもどることすらおぼつかない。帰れると考えるより、帰れないと思ったほうがむしろほんとうだった。鉄以が朋輩の僧や、檀家の長老などに引き止められても尚且つ、この旅に出かける決心をしたのは、八年前、廃屋で死んだ三枝十兵衛の言葉をたしかめたかったからである。ほんとうの父山本勘助を知りたかったのである。生れ落ちると同時に、故郷を捨て、妻子を捨てた父山本勘助ではあったが、いまは亡き人であると思うと、なんとかして、その父の真実の姿に触れ、できうれば、父の終焉（しゅうえん）の地を訪れて、菩提（ぼだい）をとむらってやりたいと思ったのである。

鉄以の足は駿河から富士川沿いに甲州に向った。

彼は道々、武田の事蹟をさぐり、戦蹟を訪れ、それを書きとめていた。甲州の地は徳川家康の領土となっていたが、武田家にゆかりのある人はあちこちに分散していた。鰍沢の妙法寺に杖をとめたとき、鉄以は近くの栃窪村に、武田信玄に仕えていた矢川八右衛門という侍が住んでいることを聞いて、尋ねていった。

矢川八右衛門は、長篠の戦いで左手に受けた弾丸のあとを見せながら、

「山本勘助という御人のことは知らないな。さような人がお館様の帷幕中にいたとすれば、当然われわれの耳にも聞えて来るはずであるが……」

八右衛門はいくどか頭をかしげて、どうも思い当らぬが、釜無川の下流の加賀美郷に、笠原助左衛門という郷士がいる。笠原はもうかなりの年齢だが、川中島の戦いにも参加しており、信玄公の馬の轡を取ったこともある人だから、或はその山本勘助という人を、知っているかも知れないと答えた。

笠原助左衛門の家は、釜無川を見おろす丘の上にあった。いかにも、この近在の豪家らしく、かまえも立派であり、使用人も多かった。川中島の戦いに出た助左衛門は、既に死んでいて、その子が助左衛門を襲名していた。

「おやじは武張ったことが大好きでしたが、私はそういったことが大嫌いで」

助左衛門は親の助左衛門とは違って、武よりも文を好むほうだった。蔵書も多く、なかなかの見識家だった。助左衛門は、鉄以が武田興亡の歴史を調べているのを聞いて、ひどく感心した。

「私の祖父も父も武田家に仕えました。子孫として、是非、武田の歴史を書きのこしていただきたい。ここはほぼ甲州盆地の中央にありますゆえ、ここを足場として、あちこちと調べ歩きされたらいかがでしょうか」

鉄以は助左衛門の好意を受けた。助左衛門にかぎらず、甲州はどこへ行っても武田につながる者がおり、鉄以の仕事にはすすんで材料を提供してくれた。鉄以は材料を集めては加賀美郷に帰り、それらを整理してまた旅に出かけていった。武田の事蹟はつぎつぎと集まっては

いったが、山本勘助についての事蹟は、なにひとつとして現われなかった。だが、鉄以は、三枝十兵衛が語った、陰の軍師ということにのぞみをかけていた。

(山本勘助はもともと陰の軍師だったから、一般の士卒は知ってはいないのだ。山本勘助を知っているものは、武田家の宿将だけに限られているかも知れない)

鉄以はそう考えた。

しかし、武田家の正統、又は、名のある武将は、武田勝頼が天目山で滅んだ直後、織田信長の徹底的な武田狩りに会い、ほとんど殺されていた。降伏した者と言わず、傷ついて捕えられた者と言わず、はては女も子供も、武田家に縁のつながるものは、首をはねられていた。

その数は二千とも三千とも言われた。武田の正統とその武将の係累は、この時に根だやしにされたのである。しかし、ただひとり、主家を裏切って織田につかえた穴山梅雪の一党だけは、生き残っていた。鉄以は、その梅雪の縁につながる原昌茂に韮崎で会った。原昌茂は徳川に仕え、韮崎の代官所に補佐役としてつとめていた。

「山本勘助……」

原昌茂は、それまで鉄以が会ったすべての人と同じように首をひねった。

「拙者は川中島の合戦の時は十九歳で、信玄公の小姓を務めていたが、そのような男はいなかった」

陰の軍師のような者がいなかったかどうかについて質問すると、原

昌茂は、

「お館様は軍師とか軍略家というような者を、ひどく嫌っておられた。軍議は武田の宿老たちの間で行われ、お館様はほとんど口を出さずに、黙って軍議を聞いておられて、最後に方針を決定するというふうであった。川中島の戦いの献策は、馬場民部殿が建て、諸将がこれに反論したのであるが、お館様のひとことで決ったのだ」

鉄以はもはや、それ以上、山本勘助について聞く勇気はでなかった。

「三枝十兵衛と申すものを御存じないでしょうか」

鉄以は、別れぎわに、ひょいとそれを口に出した。三枝十兵衛の身元が分れば、或は山本勘助の手がかりになるかも知れないと、思ったのである。藁(わら)をつかむ気持だった。

「三枝十兵衛となˎ三枝と名乗る者は武田には多かったが……三枝十兵衛、どこかで聞いたような名前だな」

原昌茂はしばらく考えていたが、

「そうそう、その男は山県昌景殿の手のもので、物見衆組頭を務めていた。川中島の戦いで、重傷を負って、その後故郷に引こんで百姓をしている筈だ」

「生きているのですか」

「三年前までは生きていた。三枝十兵衛の孫が、徳川家に仕官したいといって、彼の手紙を持ってここを訪れて来たからな」

鉄以は眼を見張った。三枝十兵衛が生きている筈がない。彼は八年前に妙心寺の廃屋で死んだ筈だ。

「どこにおられましょうや」

「確か笛吹川の上流の室伏だったと覚えているが」

原昌茂は、答えてから、なぜ貴僧は山本勘助なるものを、それほど深く尋ねているのだと聞いた。

「拙僧の父でございます。父の生前の業績をたしかめ、父の菩提をとむろうためでございます」

鉄以は、その足で笛吹川の上流の室伏をたずねていった。

三枝十兵衛は八十歳というのに、つやつやとした頬をしていた。川中島の戦いで負傷した足が、不自由であるほか、どこにも異常がなく、その辺の郷士らしい、大きな構えの家の奥座敷に坐って、鉄以を見おろしていた。

「山本勘助か、よく知っておるぞ。彼は川中島の合戦の時は、おれの組下にいた。永禄四年九月十日の早朝、どうも上杉勢の様子がおかしいから、山本勘助ほか五人を物見に出した。霧の深い朝だった。その五人が五人とも敵に捕えられてしまったのだ。その後一年ほどたって、そのうちのひとりの者が帰って来て、話したところによると、山本勘助は片眼片足に傷を受けて捕えられたが、越後へ行く途中脱走して行方知らずになったとのことである。あの男のことだから、いまも尚、どこかで、大法螺を吹いているような気がしてならない」

「大法螺？」

鉄以はむっとしたような顔で反問した。

「そうだ大法螺だ。山本勘助は大法螺ではないと思っているのだろう

が、はたから見ると、それが大法螺に聞えるのだ。口才の利く男で、議論なら誰にも負けなかったし、敵情を見るのもすばやかった。兵の動かし方について、彼一流の文句を言うので、上の人からはあまりよくは思われていなかった」

三枝十兵衛は、遠い昔を見るような眼をしながら、しばらく考えこんでいたが、

「山本勘助は夢の多い男だった。彼はあちこちの戦場を渡り歩いて、彼の才能を売りこもうとしていたようだ。彼ののぞみは軍師だった。このおれを軍師にしたら、おれはその大将を盛り立てて、必ず天下を取らせて見せるなどと、本気になって言っておったことがある。そうそう、川中島の戦いの前日の九月九日のことである。彼は物見として、

西条山の背後へ通ずる間道を、調べに行って帰って来て、その結果を主君の山県昌景殿に報告にいった。その折、お館様は諸将を集めて軍議を開いており、山県昌景殿もその場に列席されていた」

軍議は森の平迂回路に大軍を送りこめるか、どうかの問題で停頓していた。山県昌景は、物見の帰りを立ったり坐ったりして待っていた。そこへ山本勘助が帰って来たのである。山県昌景は山本勘助の報告を聞くために、席を立とうとした。

「かまわぬ、その物見の者をここへつれて来て、直接その結果を語らせるがよい」

武田信玄の一言で山本勘助は幕中に入れられた。

山本勘助は用意して来た図をおしひろげて、間道について説明をは

じめた。

「結論を先に申し上げますと、森の平への迂回路を経て、西条山の背後に出る道に、三千の兵をすすめることは可能です。だがこの道には二カ所の難関があります。第一は途中の沢のあたりで、約一丁あまりにわたって道がこわれております。第二の点は西条山へ廻りこむ地点であり、ここはしゃにむにやぶをくぐって進まねばならず、ここにおいて、迂回軍はもっとも難渋いたすものと思われますので、先に一隊を派遣して、迂回路を切り開いて置く必要があるかと存じます」

そう前置きして、問題についての細部を話し出した。明快な報告だった。言葉づかいといい、眼のつけどころといい、報告のまとめ方といい、ただの物見とは違っていた。報告が終って引きさがるとき、

「彼はなに者なるぞ」

と武田信玄が、山県昌景に下問しているのを、山本勘助は背後に聞いた。

「もと今川、北条に仕えていたことのある山本勘助と申す者でござる」

山県昌景の答えに対して、武田信玄はそれ以上なにも訊ねなかった。

山本勘助は三枝十兵衛のところに戻って来て、

「おれにもとうとう運が向いてきたぞ。おれはお館様の眼に止ったのだ。おそらく迂回軍の先導役は、おれが務めることになるだろう」

と言った。

「ばかは休み休み言え。お館様がきさまの名前を訊ねたのは、きさま

が余計なことを、べらべらしゃべったからなのだ。武田軍は、武を重んじて、口を重んじない。お館様はきっと、なるほど渡り者か、道理で口が多すぎると、ひそかにお洩らしになったに相違ない」

組頭の三枝十兵衛は、山本勘助を軽くあしらって置いたが、山本勘助は総大将の武田信玄の眼に止ったことで、有頂天になっていて、三枝十兵衛の言うことなぞ耳に入らぬようだった。

「しかし、今になって考えて見ると、山本勘助の言うとおりに、道路の工作をしておいて、彼を迂回軍の先頭に立てていたら、迂回軍はもっと早く、西条山の背後に到着していたかも知れぬ。そうならば味方は大勝、その後の天下の形勢はどうなっていたか分らない」

三枝十兵衛は鉄以に言った。

「山県昌景殿は、迂回軍の案内役に山本勘助を推薦したが、馬場民部殿は、山本勘助を用いず、土地の百姓を先導としたため、かえって時間がかかって、あの失敗を招いたのだ」

「そしてその翌日の霧の朝のことを……」

鉄以はすがるような眼を三枝十兵衛にむけた。

「先導役を貰えなかった山本勘助は、ひどく気落ちしていたようだった。日頃の山本勘助ならば、むざむざ敵に捕えられるような男ではない。まして、片眼片足に傷を受けるなどということは、考えられぬことだ。やはり、そのことがよほどこたえていたものと見える。霧の中へ出した物見が、誰も帰って来ないから、これはおかしいと思っているうちに、霧が霽れた。驚いたことには眼の前いっぱいに越軍がおし

よせて来ているのだ。それからは無我夢中だった。生きて帰れただけがもうけものであった」

三枝十兵衛は話を切って、誰でも言うように、貴僧は山本勘助と縁のあるものかと聞いた。

鉄以は、山本勘助が父であることを告げた。そうであったかと、三枝十兵衛は鉄以の顔をしみじみと見ていたが、

「やはり山本勘助も乱世の英雄だった。ところを得さえすれば、軍師にもなれただろうし、一国一城の主（あるじ）にもなれた男だ」

そのことばを聞いていた鉄以は、はらはらと涙をこぼした。

その後も、鉄以は武田の事蹟、戦蹟をたずねて、諸国を歩き廻って

いた。山本勘助のことは二度と口には出さず、武田の興隆から滅亡への道を、くわしく調べていた。天下が泰平となると、亡び去った武田の名が、武士たちの郷愁となって盛り上り、鉄以のほかに武田について資料を集める者が出て来た。

鉄以が加賀美郷の笠原助左衛門のところに落ちついて、武田の歴史を書きはじめたのは、文禄三年（一五九四）の秋であった。長い間の無理がたたって、彼の健康状態は憂慮すべきものになっていた。言語がもつれ、わずかながら手が震えた。しかし彼は四年半にわたる彼の仕事に、結末をつけねばならなかった。彼が筆を取ると、彼の傍に父山本勘助が坐って彼をみつめているような気がした。鉄以は、何枚もの書きくずしを作った末、山本勘助という主題を拾い上げた。彼は、

妙心寺の廃屋で、夢を語りつづけて、死んでいった父山本勘助の怪異なまでの容貌を、武田の智将山本勘助の表看板にした。それからは驚くほどの早さで筆は動いていった。それは武田の歴史ではなく、軍談だった。物語りに武田の歴史をおりこむことによって、父山本勘助の夢を達成させたのである。鉄以が筆を擱いたのは、文禄四年の花の咲くころだった。

「長いことお世話になりました。ようやく武田の歴史を書き上げましたから、折を見てこれを版に載せていただきたい」

鉄以は笠原助左衛門の前に、三十数冊の綴りをさし出した。

笠原助左衛門はその一冊を取った。表に甲陽軍談と書いてあった。著者の名前はなかった。へんに思って、その末尾を見ると、山城国妙

心寺の僧これを記すと書いてあった。鉄以の名はどこにもなかった。

甲陽軍談の存在は、時代をへるに従って、価値づけられていった。その後春日惣次郎、小幡康盛、外記孫八郎、西条治郎等の軍学者が、甲陽軍談の存在に眼をつけ、武田の重臣高坂弾正虎鋼の遺稿と合わせて、甲陽軍鑑を書き上げ、更に江戸時代初期の軍学者小幡景憲によって、甲陽軍鑑は大成され、出版され、門弟三千のための軍学の教科書となった。甲陽軍談は甲陽軍鑑に変貌したが、軍師山本勘助の名はこの本によって不動のものとなった。

本書は、株式会社文藝春秋のご厚意により、文春文庫『武田三代』を底本としました。但し、頁数の都合により、上巻・下巻の二分冊といたしました。

武田三代　上

（大活字本シリーズ）

2019年11月20日発行（限定部数500部）

底　本　文春文庫『武田三代』

定　価　（本体 2,800円＋税）

著　者　新田　次郎

発行者　並木　則康

発行所　社会福祉法人 埼玉福祉会

埼玉県新座市堀ノ内 3―7―31　〒352―0023

電話　048―481―2181

振替　00160―3―24404

印刷製本所　社会福祉法人　埼玉福祉会 印刷事業部

ISBN 978-4-86596-308-3